법
정

법정스님 무소유, 산에서 만나다

우수영에서 강원도 수류산방까지 마음기행

정찬주 지음

무소유 삶을 깨닫게 해주신
내 영혼의 스승께 이 책을 올립니다.

스님의 삶은 '버리고 떠나고 나누기'

눈이 밤새 내렸다. 눈도 내리는 뜻이 있겠지 싶어 오늘은 빗자루로 쓸 마음이 나지 않는다. 봄을 부르는 눈 같아 입춘 서설이라고 이름 지어 바라볼 뿐이다. 사립문 앞의 푸른 대나무들이 눈을 맞고 설죽雪竹으로 변신해 있다. 키 큰 대나무는 눈의 무게를 이기지 못한 채 허리를 꺾고 있다. 내 산방 이불재는 오늘 하루는 고립되고 나는 외로울 것 같다. 그러나 나는 외로움이 내 삶의 힘이라는 것을 깨닫고 사는 사람이다. 외로움은 두려움과 동의어가 아니다.

이 책은 법정스님께서 어느 곳에서 무소유를 가슴에 새겼고, 이후 어느 암자나 절에서 무소유 삶을 어떻게 실천하며 사셨는지 내가 직접 순례하면서 써나간 산문집, 마음기행이다. 그래서 책 제목이 『법정스님 무소유, 산에서 만나다』이다.

해마다 이때쯤 송광사 불일암을 다니곤 했다. 법정스님께서 입적하신 날이 음력으로 1월 26일이기 때문이다. 올해는 양력으로 2월 26일이 입적하신 날이 된다. 음력과 양력의 날짜가 같은 것이 희유하다. 눈 밝은 스님과 동시대를 살았고, 스님의 재가제자가 되었다는 사실이 문득 나를 행복하게 한다.

스님을 뵙지 못했더라면 나는 아직도 팔만대장경의 미로 속을 헤매고 있을지 모른다. 지당한 말씀들에 취해 내가 만든 허망한 그림자를 붙들고 있을 터이다. 그러나 스님은 내게 달을 가리키는 손가락이 아닌 달을 보게 해주셨다. 어느 해 단옷날 불일암에서 하룻밤 재운 뒤 '무염無染'이란 법명을 주시고, 몇 달이 지나서 팔만대장경의 뜻이 다 들어 있다며 다음과 같은 휘호를 보내주셨다.

소리에 놀라지 않는 사자와 같이
그물에 걸리지 않는 바람과 같이
흙탕물에 더럽히지 않는 연꽃과 같이

스님은 꽃 피듯 물 흐르듯 사는 것을 무소유의 삶이라고 사유하신 것이 분명하다. 그렇다면 무소유 삶이란 무엇일까? 스님께서는 무엇을 오랫동안 소유하는 법이 없었다. 무슨 물건이 공간을 차지하고 있다는 느낌이 들면 좋아할 만한 사람에게 흔쾌하게 주었다. 불일암에서 성능이 좋은 오디오 세트도 그랬고, 내가 월급과 맞바꿔서 구입한 가야토기를 선물했을 때도 훗날 고미술을 연구하는 사람에게 주어버렸다. 그리고 스님의 일생을 보면 어느 한곳에 안주하시지 않고 떠나기를 반복했다. 고향 우수영을 떠나 미래사 토굴, 쌍계사 탑전, 봉은사 다래헌, 불일암, 강원도 수류산방 등등 수행처를 옮겨 다니셨다.

그러고 보니 스님의 무소유 삶이란 '버리고 떠나기'인 것 같고, 그것의 본질은 '집착하지 않음'이 아닌가 싶다. 스님께서는 그래야만 진정으로 홀가분해지고 자기다워진다고 말씀하신 적도 있다.

그런데 스님의 무소유한 삶이 꼭 '버리고 떠나기'만일까? 이에 대한 답을 최근에 깨달았다. '무소유는 나눔이다'라는 사실을 말이다. 스님께서는 출판사로부터 받은 산문집의 인세를 평생 고달픈 학생들에게 모두 나누어주고 정작 당신의 통장 잔고는 비어 있었던 것이다. 생의 마지막에 다다라 병석에 누워계실 때 치료비를 독지가가 해결해주었다는 미담은 세상이 아는 사실이다. 그러니까 스님의 무소유 삶은 '버리고 떠나고 나누기'이다.

'버리고 떠나고 나누기'는 법정스님께서 남기신 가르침이 아닐까 싶다. 적어도 내게는 큰 울림으로 다가와 가슴을 적신다. 끝내 나는 가만히 되뇌어보지 않을 수 없다. 무소유가 지향하는 것은 나눔의 세상이다. 나눔은 자비와 사랑의 구체적인 표현이다. 자비와 사랑은 인간으로 돌아가는 길이다, 라고.

마음기행 산문집 『법정스님 무소유, 산에서 만나다』가 법정스님 입적 12주기 즈음에 발간돼 재가제자의 도리를 다한 것 같아 기쁘다. 독자 여러분도 스님의 고향 우수영에서부터 스님께서 마지막 생을 보여주신 강원도 수류산방까지 순례해보시기를 바라는 마음 간절하다. 순례하는 동안 이 책이 생전의 법정스님으로 현현한다면 나는 작가로서 더 바랄 게 없을 것이다.

끝으로 신산한 출판 환경 속에서도 이 책을 출판해준 열림원 정중모 대표, 편집부 여러분에게 고마움을 전하고 싶다. 이 책이 법정스님을 흠모하는 모든 분들에게 사랑받았으면 하는 발원發願을 향 한 개 사르며 해본다. 양서를 줄기차게 발간해온 열림원 출판사 여러분이 예전처럼 웃음꽃을 피웠으면 좋겠다.

밖에는 아직도 눈이 나붓나붓 내리고 있다. 마치 봄날의 흰 나비들이 춤을 추는 것 같다. 나는 머릿속의 잡생각을 비우고 오직 바라볼 뿐이다. 저 설경에 무슨 허물을 얹으리오.

2022년 초봄 이불재에서
정찬주

차례

▲▲▲▲

송광사 불일암에서

"섬돌을 가지려 하지 않는 대나무 그림자나 연못에 자신의 흔적을 새기려 하지 않는

달빛이야말로 무소유의 행복을 묘사해주는 시적 은유다.

소유의 감옥과도 같은 세상 속에서 그대와 내가 어떻게 살아야 하는지를

한번 되돌아보게 하는 사립문이 아닐 수 없다."

대나무 그림자처럼, 달빛처럼 살아라

불일암으로 가는 들머리다. 직립한 삼나무들이 숲을 이루고 있다. 아침 햇살이 어른거리는 삼나무 숲은 사원처럼 경건하고 엄숙하다. 삼나무들이 수행자와 같이 꼿꼿하게 서서 기도하고 있는 모습이다. 무서리에 젖은 칼칼한 잎사귀들이 영혼의 노래를 부르고 있다. 침묵의 소리 없는 소리는 '귀 속의 귀'로 새겨들어야 한다.

삼나무들은 살아 있는 동안 결코 드러눕는 법이 없다. 뿌리는 현실의 땅에, 머리는 광대무변한 창공에 두고 산다. 구도의 길을 홀로 가는 개결한 수행자와 같다. 나는 오랜만에 만난 친구처럼 삼나무를 껴안는다. 나무와 소통하려면 두 팔로 지그시 안아봐야 한다. 삼나무의 맑은 침묵과 풋풋한 기운이 온몸에 전해진다. 비로소 나는 불일암의 들머리에 들어서 있다는 것을 실감한다.

우리 시대의 스승 법정스님이 머물렀던 불일암의 단아하고 청빈한 옆모습.

삼나무 숲길은 짧지만 푸른 그늘의 여운은 길다. 산허리에 난 가파른 산길을 오르는 동안에도 합장한 모습의 삼나무들이 눈에 밟힌다. 자꾸 돌아봐진다. 그러나 산길을 타고 한 구비 돌면 또다시 산자락에 숲이 된 삼나무 무리가 나타난다. 광원암과 불일암으로 가는 길이 갈라지는 지점에서다.

　나는 바로 그곳에서 가빠진 호흡을 고른다. 불일암 안내말뚝 앞으로 실개울이 하나 흐른다. 불일암과 광원암에서 시작했을 작은 물줄기가 서로 만나 돌돌 소리를 내고 있다. 예전에 보았던 실개울 언저리의 억새들은 모두 사라지고 없다. 몇 년 전만 해도 억새들이 실개울을 따라 자생하고 있었던 것이다.

　문득, 지난봄에 입적하신 법정스님의 말씀이 저만큼 날아가는 산새처럼 스친다. 스님은 산길을 오르내리며 억새들을 유심히 보았던 것이 분명하다. 십수 년 전 초여름에 스님을 찾아왔던 때라고 기억된다.

　"저 마른 어미 억새를 좀 봐요. 푸른 새끼 억새가 다 자랄 때까지 버팀목이 되어주다가 쓰러져요. 푸른 억새들 사이에서 누렇게 마른 것들이 어미 억새지요."

　자연에 깃든 모성母性과 책임을 강조한 말씀이었다. 아비로서 아내와 두 딸아이를 잘 돌보라는 무언의 당부였다.

그 무렵의 일을 발표한 글이 생각난다. 길상사 홈페이지 '법정스님과 나'라는 난의 담당자가 청탁해와 글을 보냈던 것이다. 나로서는 추억담인데, 스님을 뵙고 법문을 들었던 시간이 귀하고 행복했던 순간이었음을 다시 깨닫는다.

불일암에서 법정 큰스님을 처음 뵀다. 그때 나는 샘터사에서 근무했는데, 스님 책을 편집하면서 불일암을 자주 찾았던 것이다. 회사 일로 가는 출장길이었지만, 나는 1박 2일 출가하는 기분으로 서울을 떠나곤 했다. 나중에는 아예 아내와 두 딸아이를 데리고 불일암을 찾곤 했다.

스님이 그리울 때마다 몇 가지 장면이 먼저 떠오른다. 한 번은 스님께서 국수를 끓이시고 내가 설거지 당번을 했을 때다. 스님께서 삶은 국수를 불일암 우물가로 가져가 찬물에 식히는 순간, 꼬들꼬들해진 국수 몇 가닥이 우물 밖으로 넘쳐흐르는 물에 떨어졌다. 스님께서는 망설이지 않고 '신도가 수행 잘하라고 보내준 정재淨財인데'라며 주워 드시는 것을 보고 놀랐다. 또 한 번은 중년의 관광객이 불일암까지 허둥지둥 올라와 스님을 찾았다. 스님과 마주치자 그 관광객이 물었다.

"텔레비전에서 본 모습과 똑같습니다. 스님, 고향이 어디세요."

찬 이슬 무서리에도 허리를 굽히지 않는 불일암 가는 길의 대나무 숲길.

그러자 스님께서 말했다.

"고향이라, 화두가 따로 없네. 허허허."

너털웃음을 웃으시던 스님의 모습이 잊히지 않는다.

스님께서는 갓 출가한 젊은 스님들이 예고 없이 올라와 법문을 청하면 준비해두었던 호두알만 한 알사탕을 주었다. 큰 알사탕을 입에 물면 말을 할 수 없는데, 군말을 잠재우는 스님만의 비책이었다. 조계산 자락이나 말없이 바라보고 가라는 뜻이 담긴 알사탕이었다.

어느 때는 스님께서 나를 내려오게 하여 미안했던지 승용차로 광주까지 바래다주신 적도 있다. 그때 스님의 차 안에서 들었던 조지 윈스턴의 피아노 선율 「디셈버」가 아직도 잊히지 않는다.

마침내 나는 몇 년 뒤 회사 일과 상관없이 스님의 제자가 되기로 작정하고 불일암으로 내려가 하룻밤을 잤다. 호반새가 공중제비를 하는 단옷날 아침이었다. 나는 스님께 삼배를 올렸다. 스님께서는 저잣거리에서 물들지 말라는 뜻으로 '무염無染'이란 법명과 함께 계첩을 주시고, 오계를 받는 공덕이 무엇인지 법문을 해주셨다. 오계는 '나를 비춰보는 거울이자 내 행동을 바로잡아줄 신호등과 같다'라는 요지의 말씀을 하셨다.

불일암 가는 길의 안내말뚝에서 불일암 수행자의 배려하는 마음을 읽는다.

그해 여름 스님께서는 분홍빛 한지에 휘호를 써 보내주셨다. 내용은 지금까지 나의 좌우명이 되었다.

소리에 놀라지 않는 사자와 같이
그물에 걸리지 않는 바람과 같이
흙탕물에 더럽히지 않는 연꽃과 같이

수녀나 출가수행자들에게는 부처님이 말씀하신 대로 끝부분에 '무소의 뿔처럼 혼자서 가라'까지 써주었고 결혼한 이들에게는 세 구절로 줄여주었다. 인생의 동반자로서 함께 가야 할 부부의 인연을 배려해서 그러셨으리라.

스님께서는 세 구절 속에 팔만대장경의 깊은 뜻이 다 들어 있다고 말씀하셨다. 스님의 말씀은 예나 지금이나 적확하다. 사자와 같이 당당하게, 바람과 같이 걸림 없이, 연꽃과 같이 청정하게 사는 것이야말로 임제선사의 '가는 곳마다 주인이 되어서 있는 곳마다 진리의 자리가 되는' 참사람無位眞人이 아닐까 싶다.

훗날 나는 직장을 더 다닐지 말지 고민하다가 스님을 찾아가 법문을 들었다. 스님께서는 불일암 위채 2평 남짓한 차방茶房에서 물 흐르듯 꽃 피듯 말씀했다. 차방 이름은 차를 마시는 동안 마음속 뜰에 물이 흐르고 꽃이 핀다는 뜻의 수류화개실水流花開室이었다.

"직장을 꼭 그만두고 싶은가. '다니고 싶은 마음'과 '그만두고 싶은 마음'이 반반이라면 그냥 다니는 것이 좋아요. 그러나 '그만두고 싶은 마음'이 단 1퍼센트라도 더 간절하다면 직장을 떠나시오. 무슨 일을 하다가 절망하였을 때 그 1퍼센트가 극복의 에너지가 될 것이오. 또한, 10여 년 직장 생활을 하였다면 이제야말로 자신을 위해 새롭게 변화를 줄 때가 되었어요. 사람도 한곳에 머물러 타성에 젖기보다는 물처럼 흘러가는 것이 좋아요."

또 한 번 더 삼나무 숲길을 오르자 비로소 대숲이 나타난다. 풍찬노숙하는 대나무를 만져보니 밤새 내린 무서리 탓인지 체온이 차갑다. 그래도 허리를 바르게 세우고 사는 불일암 수행자들 같다. 몇몇 대나무들은 작은 가을바람에 머리를 푸는 율동도 있다. 예전에는 산길이 호반새가 사는 오동나무 쪽으로 났었는데, 지금은 대숲을 돌아 오르게 돼 있다.

대나무 그림자가 드리운 사립문 앞에는 섬돌이 놓여 있다. 사립문에 일렁이는 햇살처럼 시詩가 어려 있다. '눈 속의 눈'으로만 볼 수 있는 깨달음의 시다.

　　대나무 그림자 섬돌을 쓸어도
　　티끌 하나 움직이지 않고

대나무 그림자와 아기의 맨살 같은 아침 햇살이 드리운 불임암 사립문.

달빛이 연못을 뚫어도

물에는 흔적 하나 없네

竹影掃階塵不動

月穿潭底水無痕

　법정스님이 즐겨 읊조리시던 남송시대의 선승 야보도천冶父道川
의 시다. 사립문을 들어서는 이는 대나무 그림자처럼 무엇에 집착하지
말고 달빛처럼 자신의 발자국에 연연하지 말고 살라는 가르침이다.

　섬돌을 가지려 하지 않는 대나무 그림자나 연못에 자신의 흔적을
새기려 하지 않는 달빛이야말로 무소유의 행복을 묘사해주는 시적 은
유다. 소유의 감옥과도 같은 세상 속에서 그대와 내가 어떻게 살아야
하는지를 한번 되돌아보게 하는 사립문이 아닐 수 없다. 어두운 마음
까지 환하게 비추는 불일佛日의 사립문이다. 해맑은 햇살이 웃는 아
기의 맨살 같다.

길이 아니면 가지를 마라

불일암은 내게 맑은 거울이다. 불일암으로 가는 것은 나를 만나러 가는 길이다. 나만 고집하는 '거짓 나'를 떠나 남을 배려하는 '본래의 나'를 돌아보게 한다. 나를 만나러 가는 길이기 때문에 암자가 텅 비어 있어도 좋다. 봄날 아래채 툇마루에 앉아서 목욕소 뒤편에서 꽃비를 뿌리는 산벚나무를 바라보는 것만도 행복하다. 겨울의 들머리에 선 지금은 감나무 가지에 매달린 붉은 감들이 단풍잎보다 더 곱다.

봉은사 다래헌에 사시던 법정스님이 증오와 갈등으로 헐떡이는 도시 생활을 접고 이 산자락에서 살아야겠다고 마음을 냈던 것도 때마침 활짝 핀 산벚나무 꽃의 순수에 끌려서라고 말씀하신 적이 있다. 1975년 4월 19일 아침의 일이었다. 스님께서는 산벚나무 꽃비의 축복을 잊지 못하고 그해 가을 송광사로 내려와 불일암을 짓기 시작하였던 것이다.

불일암은 내게 한 권의 윤리 교과서다. 암자는 '길이 아니면 가지를 마라'라고 한다. 집착과 욕심이 과해진 나에게 붉은 경고등을 켜준다. 그러니 불일암 가는 것은 집착과 욕심의 몸무게를 줄이러 가는 길이다. 불일암의 작고 맑은 모습들을 무심코 바라보는 동안 집착과 욕심의 몸무게가 부쩍 줄어 있음을 깨닫는다.

스님이 돌아가시고 난 뒤부터는 불일암 가는 이유가 하나 더 추가됐다. 불일암 가는 것은 스님을 뵈러 가는 길이다. 스님께서는 입적하시기 전에 병문안 온 속가 누이에게 나를 보려거든 불일암이나 길상사로 오라고 했던 것이다. 굳이 환생까지 들먹일 필요가 없으리라. 스님이 남긴 말씀과 무소유한 흔적이 불일암 곳곳에 침묵으로 남아 있기 때문이다.

사립문을 들어서 대숲 터널을 지나게 되면 바로 불일암 경내다. 스님은 후박나무(왜목련)가 선 위채에서 주석하셨고, 우물이 가까운 아래채는 젊은 스님이나 가끔 손님들이 하룻밤 묵다가 갔다. 예전에는 '길이 아니면 가지를 마라'라는 스님 친필의 팻말이 있었는데 지금은 보이지 않는다. 종교를 초월하여 존경받는 스님이니 아주 심오한 말씀이 쓰여 있는 줄로 기대했다가 어디서 한 번 들어본 말인 것 같아 이내 싱거워지고 마는 팻말의 금언이었다.

법정스님이 나무 계단에 막 벗어놓으신 것 같은 정갈한 고무신.

그러나 나는 불일암을 찾아온 길손들에게 주는 시원한 우물물 같은 화두라고 생각하여 그 의미를 깊이 받아들이곤 했던 것 같다. 그런데 지금은 팻말이 보이지 않는다. 스님의 뜻이 전해지고 있지 않은 것 같아 섭섭한 마음이 든다. 상좌 스님들에게 스님의 글씨체를 얼마든지 집자할 수 있으니 복원을 제안하고 싶다.

아래채 툇마루에 앉아서 예전에 써두었던 메모지를 꺼내본다. 메모를 했던 그때의 풍경이나 지금이나 별로 달라진 게 없다.

"산길이 끝나는 곳에 암자가 있게 마련이다. 찬물 한 모금 마시고 다시 힘을 내는 자리가 있다. 어디 가파른 산길 끝만 그러하리. 모든 인생길이 그러하지 않을까. 삶의 길이 막혀 눈앞이 캄캄해지거나, 사랑하는 사람과 헤어져 생의 기쁨이 사라졌을 때에도 절망스러운 바로 그 자리에 희망이 숨어 있는 법이다. 막다른 길에서도 다시 눈을 크게 뜨고 보면 거기에 또 다른 길이 시작되고 있음이다.

지금은 불일암에 법정스님은 안 계신다. 그래도 나그네는 스님을 뵈러 왔다. 스님의 흔적이란 거울에 자신을 비춰보고 싶어서다. 먼저 오동나무에 얽힌 사연이 떠오른다. 스님은 휘파람을 잘 부신다. 오동나무에 구멍을 파고 사는 호반새에게 휘파람을 불어주면 새도 기분이 좋아져 공중제비를 하였다. 그런데 스님이 강원도로 떠난 뒤부터 호반새는 날아오지 않고, 오동나무는 오동나무대로 호반새가 살던 세

개의 구멍을 자신의 살로 메워버린 상태다. 스님께서 훗날 돌아오시게 되면 호반새도 다시 날아오고, 오동나무도 호반새에게 다시 보금자리를 내어주겠지.

뎅그렁 소리 내는 풍경도 자리를 이동해 있다. 큰바람에만 소리를 내어 스님이 '태풍의 대변인'이라 부르던 통통한 풍경이 위채에서 아래채 처마 끝으로 물러나 있다. 풍경도 삶의 여로가 있고, 시절 인연이 있나 보다."

스님께서 불일암 17년 안거安居를 끝내고 강원도 오두막으로 떠나신 뒤, 나 혼자 불일암으로 찾아갔던 감회를 적은 글이라고 생각된다. 그런데 그때나 지금이나 별로 다르지 않다. 호반새가 살지 않는 정랑 옆의 오동나무는 낙엽을 뚝뚝 떨어뜨리고 있고, 아래채 처마에 걸린 '태풍의 대변인'이라고 불리던 풍경은 변함없이 묵언默言 중이다.

저 풍경이 '태풍의 대변인'으로 임명된 사연을 누가 알까. 어느 해 가을, 나는 스님의 원고 뭉치를 들고 불일암으로 내려갔다. 스님이 〈샘터〉에 글을 연재하시면서 산문집을 낼 때였다. 나는 스님 책을 편집하는 담당자로서 불일암을 수시로 오가곤 했다. 스님은 나를 보자마자 지난여름 겪었던 태풍 이야기를 하셨다.

위채 뒷마루에 놓아둔 종이박스까지 강풍에 날렸다. 종이박스 안에

'태풍의 대변인'이란 이름의 풍경이 매달린 불일암 아래채.

넣어둔 신문지들이 산지사방으로 흩어져 날아갔다. 대나무들이 곧 꺾어질 것처럼 우우우 하고 소리를 질렀다. 스님은 아래채 수채가 막혀 마당으로 물이 넘치는 것을 보고는 나갔다가 우산만 날려버리고 돌아왔다.

밤이 돼서는 누전이 됐는지 전깃불마저 꺼졌다. 양초를 찾아 불을 켜 암흑은 모면했지만 언제쯤 태풍의 기세가 누그러질지 암담했다. 마음이 태풍에 흐트러지곤 했다. 스님은 자연의 거센 위력 앞에 초라한 자신을 실감했다. 처마 끝에 매달린 다급한 풍경 소리는 계속해서 귀를 자극했다. 마음을 불안하게 했다. 스님은 뒤꼍에 둔 사다리를 가지고 와 풍경을 떼어냈다. 잠시 후 산란한 마음을 겨우 가라앉혔다.

'모든 일에는 시작이 있으면 끝이 있는 법이다. 태풍도 불 만큼 불다가 잦아질 것이다.'

태풍은 피해만 주는 재앙이 아니라 지혜를 주는 선지식(스승)도 되었다. 태풍에게도 감사해야 할 것이 있었다. 태풍이 불어 누구의 방해도 받지 않고 하루 동안 순수한 자신으로 온전하게 존재했던 것이다. 다음 날 밖을 나가보니 나무들도 죽은 가지나 불필요하게 뻗은 잔가지들이 꺾여 있었는데, 태풍이 손발 없는 나무들을 흔들어준 것이나 다름없었다.

나는 스님의 태풍 이야기를 듣고 나서 마음속으로 강한 바람에도 소리를 잘 내지 않는 풍경을 하나 물색하기로 결정했다. 서울로 올라온 나는 며칠 뒤 인사동의 금속공예방을 찾아가 주인이 손수 망치로 두들겨 만든 방짜 풍경을 주문했다. 지금은 물고기 모양의 금속판이 떨어져 나가고 없지만 아래채 처마 끝의 풍경을 보니 미소가 지어진다. 그때 스님은 원래부터 위채에 달렸던 풍경을 '미풍의 대변인', 내가 가지고 간 풍경을 바로 다시더니 '태풍의 대변인'이라고 명명하셨던 것이다.

위채로 가면서 꺼내 든 메모를 마저 읽어본다. 메모를 쓴 그때의 계절은 봄이었던 것 같다. 옹기 뚜껑에 담긴 물에 진달래 꽃잎 하나가 떠 있다고 적혀 있다.

"위채로 오르니 쌓인 장작더미가 나그네를 반긴다. 살아 있는 정신의 예각처럼 직각으로 쌓여 있다. 스님께서 산중에 떠도는 고독을 위해 만든 참나무 의자도 그대로 있고, 나무보살이라 불리던 후박나무도 중년의 허리처럼 굵어져 있다.

마당 한쪽 나무토막 위에 얹힌 옹기 뚜껑의 용도도 그대로다. 손 씻는 물이 담겨 있는데, 거기에 마침 붉은 꽃 이파리가 하나 떠 있다. 어떤 의미일까. 혹시 욕심과 성냄으로 흐려진 두 눈을 씻고 가라는 것은 아닐까. 물에 비친 얼굴이 긴장하고 있다. 너는 누구인가."

후박나무가 30여 년 전 불일암으로 막 출가했을 때는 어른 키만 했는데 어느새 행자 티를 벗고 그늘을 드리운 나무보살이 돼 있다. 스님은 외출했다가 돌아와서는 꼭 후박나무를 한 번씩 두 팔로 껴안곤 했다. 지금은 스님의 진신 골편이 뿌리 부근에 묻혀 스님이 후박나무의 일부가 돼버린 듯하다.

나도 스님처럼 후박나무를 안아본다. 그러자 스님의 첫인상처럼 후박나무 껍질의 까칠하고 차가운 기운이 느껴진다. 조금 더 안고 있으니 스님의 속뜰처럼 따뜻하고 부드러운 체온이 전해진다. 그러고 보니 후박나무는 스님의 내면과 외면을 다 닮아 있다. 스님은 얼굴과 손발을 씻는 양은 세숫대야도 구분해 사용할 만큼 당신 자신의 질서에는 엄했으나 형편이 어려운 고학생이나 이웃에게는 몰래 눈물을 흘리셨던 것이다. 어려운 학생을 도울 때는 종교를 따지지 않았다. 실제로 스님에게 가장 오랫동안 후원을 받은 학생은 천주교 신자였다. 그 학생이 스님을 찾아와 죄송스럽다고 말했을 때도, 어느 학생이 스님의 책을 읽고 감동하여 개종하겠다고 말했을 때도 스님은 다음과 같이 만류했다.

"이봐요, 젊은이. 사람들이 청국장을 좋아하기도 하고 김치찌개를 좋아하기도 하는 것은 자연스러운 일이에요. 천주님의 사랑이나 부처님의 자비는 풀어보면 한 보따리 안에 있으니 그대로 영세를 받은 종교를 열심히 믿으세요. 종교를 갖지 않는 사람보다 더 잘 살아야 해

얼굴과 발을 따로 씻기 위해 사용했던 법정스님의 세숫대야.

요. 못 하면 믿지 않는 것보다 못하니까. 사람을 갈라놓는 종교는 좋은 종교가 아니지요. 그것은 인간을 위한 종교가 될 수 없지요."

암자 마당에는 후박나무의 큰 낙엽들이 여기저기 떨어져 있다. 어떤 사람들이 불일암을 다녀가는지 궁금하여 스님께서 슬쩍 왔다가 가신 듯한 느낌이다. 후박나무의 큼직한 낙엽들이 스님의 발자국 같은 것이다. 실제로 후박나무 낙엽은 바람에 굴러가면서 사람 발자국 소리를 낸다. 오동나무의 가벼운 낙엽과 다르다. 오동나무 낙엽은 스산한 소리가 날 뿐이고, 굴참나무 낙엽 떼는 일시에 뒹굴면서 먼 파도 소리를 낸다.

중년 부부가 올라와 스님이 굴참나무로 만든 '빠삐용 의자'에 서로 교대하면서 앉는다. '빠삐용 의자'란 스님께서 스티븐 맥퀸이 주인공으로 나온 영화 「빠삐용」을 보시고 나서 지은 이름이다. 영화 속에서 빠삐용이 절해고도에 갇힌 건 '인생을 낭비한 죄'였다. 스님도 의자에 앉아 인생을 어떻게 살고 있는지 스스로 자문해보시곤 했으리라. 중년 부부가 나에게 '지난봄에 가신 법정스님이 그리워 찾아왔습니다'라고 말을 건넨다. 그래서 나는 불일암 뜰을 가리켰다.

"법정스님이 저기 계시네요. 두 분 눈에도 곧 보이실 겁니다. 입적하시기 전에 법정스님께서 불일암으로 오시겠다고 말씀하셨습니다."

누구에게나 인생을 낭비한 죄를 묻는 불일암의 '빠삐용 의자'.

인기척에 문이 열리는 소리가 난다. 유리문으로 된 앞문이 아니고 부엌문이 열리는 소리다. 불일암에 머물고 있는 스님의 만상좌 덕조 스님이 환하게 웃으며 맞이한다.

모란은 모란이고 장미꽃은 장미꽃이다

　후박나무 낙엽이 또다시 마당에 떨어지고 있다. 마당은 비질 자국이 선명하다. 발자국처럼 큰 낙엽을 보니 어느 작은 절에 살던 젊은 스님의 말이 떠오른다. 그 젊은 스님이 낙엽을 쓸어 한곳에 모으자, 노스님이 낙엽을 이리저리 흩트리며 말했다고 한다.

　"제 갈 곳을 찾아 제자리에 떨어진 낙엽을 네 마음대로 옮기지 마라."

　노스님의 한마디는 내 영혼을 오래도록 촉촉하게 적셨던 것 같다. '낙엽을 네 마음대로 옮기지 마라'라는 말씀은 자연을 거스르지 말라는 자애로운 당부였을 터. 우주의 순리 속에서 뒹구는 낙엽 하나도 함부로 손대지 말고 그대로 두라는 것이 노스님의 가르침이었을 것이다.

　맏상좌 덕조스님 모습이 서울의 길상사에서 뵀을 때보다 더 맑으시

후박나무 밑에 서서 채마밭을 바라보는 만상좌 스님.

다. 무소의 뿔처럼 홀로 가는 수행자로 돌아온 느낌이다. 조금은 쓸쓸하고 외롭겠지만 깨달음의 길을 걷는 수행자에게는 맑은 고독이야말로 더없는 축복이 아닐까. 법정스님은 맑은 고독 속에서만 텅 빈 충만을 이룬다고 말씀했다.

"왜 그쪽 부엌문으로 나오십니까."
"스님께서 지금도 옆에 계시는 것 같습니다. 1주기 때까지는 앞문을 사용하지 않을 생각입니다."

문득 불일암에 수선화가 피어나던 지난 봄날이 생각난다. 『소설 무소유』가 발간됐을 때 나는 잠시 난감했다. 법정스님이 이 세상에 계시지 않기 때문에 책을 보낼 주소가 사라졌던 것이다. 할 수 없이 나는 스님의 영정이 봉안된 불일암으로 가 영정 앞에 책을 바치는 것으로 대신했다. 스님께서 제주도 여행길에 주워 와 심은 수선화가 정랑 앞에서 나를 반기듯 막 피어나고 있었다. 나는 아내와 함께 영정 앞에 책을 올렸다. 삼배를 하고 난 뒤, 덕조스님께 말했다.

"허물이 있는지 한번 읽어봐주십시오."
"스님께서 아직 펼쳐보시기 전인데요."

덕조스님은 법정스님이 옆에 계신 듯 조심스럽게 행동하여 내 마음을 움직였다. 법정스님께서 책을 펴보시기 전이므로 제자가 감히 손을 댈 수 없다는 태도였던 것이다.

"후박나무 잎이 떨어지는 소리는 꼭 사람이 오는 소리 같다니까요."
"저도 사람의 발자국 같다고 느꼈습니다."

후박나무 낙엽이 구른다. 마치 나와 덕조스님 간에 주고받는 얘기를 듣기 위해 다가오는 것 같다. 스님은 후박나무 옆에 서서 조계산 자락을 쳐다본다.

"제가 갓 출가했을 때는 제 키보다 조금 컸습니다. 이제는 나무 그늘이 마당을 덮습니다. 스님께서는 제자인 우리들에게도 나무처럼 자라서 덕德의 그늘을 이웃에게까지 드리우라고 우리에게 덕자 돌림으로 법명을 주었던 것 같습니다."

스님은 채마밭으로 내려가더니 두둑을 밟고 온다. 법정스님이 상추와 케일, 고추를 심고 가꾸던 밭이다.

"이맘때면 꼭 두더지가 나타나 두둑을 헤집고 가네요."

두더지도 사람 발자국 소리를 듣나 보다. 고추 따고 상추 뜯느라고 아침저녁으로 오가던 한여름에는 채마밭을 출입하지 않다가 발걸음이 뜸해지는 가을이 되자 때를 놓치지 않고 나타난 것이다. 내 산방의 텃밭도 마찬가지다. 발걸음이 게을러지면 금세 출현하여 밭을 휘젓고 다니는 것이 두더지의 습성인가 보다. 두더지에게 미안하지만 번뇌도 녀석과 흡사하다. 일에 집중하지 않고 한눈을 팔거나 나를 잠시라도 직시하지 않으면 온갖 번뇌가 들끓는다. 그래서 번뇌가 108가지나 되는지 모르겠다.

법정스님이 밀짚모자를 쓰고 채마밭을 일구던 모습이 선명하게 떠오른다. 그때 나는 처음으로 케일 잎으로 쌈을 싸 먹었는데, 상추가 흰 쌀밥이라면 거친 케일은 현미밥 같았던 기억이 난다. 거친 케일 잎을 맛있게 드셨다는 것은 그때까지만 해도 스님의 건강이 아주 좋았다는 방증이다.

스님은 흙을 만지고 밟기를 좋아하셨다. 사람이 흙에서 멀어지면 병원이 가까워진다고 늘 말씀하셨다. 내가 남도 산중에 산방을 짓고 들어앉자 스님께서는 누구보다도 환영하셨다. 어느 날인가 스님에게 갑자기 전화가 왔다.

"내일 가정방문을 가겠소."

스님은 예정대로 왔다가 한나절 정도 내 산방에서 차를 마시고 가셨다. 그때의 일을 스님께서는 산문집 『홀로 사는 즐거움』에 남겼다.

불일암의 대숲과 근심을 푸는 정랑이 햇살에 눈부시다.

"현대인의 95퍼센트가 실내에서 일상생활을 보내고 있다는 말을 듣고 나는 움찔 놀랐다. 흙을 밟지 않고 사무실이나 교실, 또는 공장이나 연구실에서 하루하루를 보내고 있다니 새삼스럽지만 놀라운 사실이다. 온종일 컴퓨터 앞에 앉아 손가락과 머리를 굴리면서 살아가는 일상을 과연 건강하고 건전한 삶이라고 할 수 있을 것인가.

남쪽에 내려간 김에 도시 생활을 청산하고 시골에 내려가 흙을 만지면서 새롭게 살아가는 한 친지를 방문했다. 소비와 소모의 땅, 도시를 떠나 시골에서 혼자서 살아가는 그 의지와 결단에 우선 공감했다. 작가인 그는 새로운 터전에서 살고 싶어 새로 집을 지어 나무를 심고 연못을 파고 채소를 가꾸면서 작업을 한다. 보기에 아주 건강한 삶을 시도하고 있다.

많은 사람들이 도시 생활에 염증을 느끼면서도 선뜻 그곳을 떠나지 못하고 있는 것은 그럴 만한 구실이 저마다 있다. 누구든지 이 사정 저 사정 따지면 절대로 떠나지 못한다. 한 생각 일어났을 때 한 칼로 동강을 내는 그런 결단 없이는 죽어도 그곳을 떠나지 못한다.

도시란 어떤 곳인가. 아스팔트와 보도블록과 시멘트와 서로 키 재기를 하는 고층 빌딩과 자동차와 매연과 소음과 부패한 정치꾼과 범죄와 온갖 쓰레기들로 뒤범벅이 된 숨 막힌 공간이다. 이런 공간에서 어떻게 미래에 대한 꿈과 새로운 창조와 생명이 움틀 수 있겠는가."

법정스님 발자국 같은 불일암 마당의 후박나무 낙엽들.

스님께서 비인간적이고 소비적인 도시 생활을 비판하면서 나의 결단을 격려하시는데 솔직히 과분하다. 그러나 나는 다시는 서울로 돌아가지 못할 것 같다. 전철처럼 빠르게 스쳐 가는 서울의 시간에 적응할 자신이 없다. 일용하는 양식을 부족한 듯 자급자족하면서 배고프면 밥 먹고 졸리면 자고 손님이 오면 반갑게 차 마시는, 그렇다고 내 마음대로가 아니라 내 마음의 주인공이 되어 사는 산중 생활의 느린 시간이 더없이 좋은 것이다.

스님께서 불일암 채마밭에 고작 먹을거리만 심고 가꾸었다면 지금 내 시선이 머물 리 없다. 스님은 모란과 파초를 심어 스님 가슴에 물기를 돌게 했던 것이다. 모란은 스님이 이 세상에서 가장 아름답다고 여긴 양귀비꽃 대신에 심은 꽃이 아닌가 싶다.

해인사에서 출판 일로 서울로 올라와 선학원에서 잠시 머물던 시절의 이야기다. 스님께서 삼청동 어느 집 화단에서 양귀비꽃을 보고는 풋풋한 시심詩心을 감추지 못하고 풀었다.

"그것은 경이였다. 그것은 하나의 발견이었다. 꽃이 그토록 아름다운 것인 줄은 그때까지도 정말 알지 못했었다. 가까이 서기조차 조심스러운 애처롭도록 연약한 꽃잎이며 안개가 서린 듯 몽롱한 잎새, 그리고 환상적인 그 줄기가 나를 온통 사로잡아버렸다. 아름다움이란 떨림이요 기쁨이라는 사실을 실감했다."

푸른 잎이 뒷방 문짝만 한 파초는 내 눈에도 불일암을 이국적으로
보이게 연출했다. 그러니 채마밭은 스님만의 소박한 꽃밭이자 속뜰
인 셈이었다. 속뜰이란 국어사전에 없지만 스님이 창안하여 즐겨 쓰
던 단어다. 스님은 아래채 산자락의 달맞이꽃이나 제비꽃도 사랑하
여 잡풀을 정리하는 일꾼이나 제자들에게 절대로 베어내지 못하게 했
다. 실제로 아래채 마당에 놓인 평상에서 늦은 오후에 차를 마시면서
달맞이꽃이 피는 광경을 보는 것은 스님의 표현대로 영혼의 떨림이요
기쁨이었다.

꽃잎이 하나둘 피어나는 모습을 볼 수 있는 꽃은 달맞이꽃이 유일
하지 않나 싶다. 노란 꽃잎이 펴지는 순간 마치 노랑나비가 파르르 날
갯짓하는 것처럼 보이는데, 일시에 수십 마리의 나비들이 군무群舞
를 하듯 보인다.

스님은 평상에 앉아서 꽃을 가리키며 제자나 손님들에게 많은 말씀
을 하셨다. 그리고 당신의 말씀을 다듬고 정리해서 〈샘터〉지에 발표
하셨다.

"꽃이 피어나는 것은 생명의 신비다. 자신이 지니고 있는 특성과 잠
재력이 꽃으로 피어남으로써 그 빛깔과 향기와 모양이 둘레를 환하게
비춘다. 그 꽃은 자신이 지닌 특성대로 피어나야 한다. 만약 모란이 장
미꽃을 닮으려고 하거나 매화가 벗꽃을 흉내 내려고 한다면, 그것은

살어리
살어리랏다
청산애 살어리
랏다
멀위랑
드래랑 먹고
청산애
살어리랏다

법정스님의 마음이 담긴 차방 문 위에 걸린 시판詩板.

모란과 매화의 비극일 뿐 아니라 둘레에 꼴불견이 되고 말 것이다."

　스님께서 꽃을 얘기할 때 나는 사람 얘기로 환치해서 듣곤 했다. 나는 나일 뿐 남을 닮으려고 해서는 안 된다는 말씀으로 받아들였다. 자기 개성을 활짝 꽃피우는 사람이 돼야지 남을 닮으려고 해서는 안 된다는 것이 스님 말씀의 요점이었다.

　덕조스님이 다시 부엌문으로 들어가 나에게 앞문인 유리 달린 문을 열어준다. 나는 법정스님께서 차방으로 이용하시던 수류화개실로 들어가 앉는다. 2평 남짓한 아주 작은 차방이지만 조계산의 무게 같은 존재감이 느껴지는 방장실 같은 방이다.

홀로 마신즉 그 향기와 맛이 신기롭더라

차방인 수류화개실에 굳이 정원이 있다면 세 명 정도가 아닐까 싶다. 차를 우리는 스님이 한 명, 다기茶器 앞에 손님이 두어 명 앉게 되면 방은 구석만 남게 된다. 서너 명만 앉아도 만원사례가 되니 한반도에서 가장 작은 차방이다. 가만히 생각해보니 수류화개실은 낯선 손님들과 마주 앉아서 마음에 없는 객담을 나누는 접견실(?)이 아니라 스님 홀로 차를 마시는 차방이라고 해야 옳다.

스님은 홀로 차를 마시고 나서, 한지를 펼쳐놓고 다관과 찻잔을 그린 뒤 '홀로 마신즉 그 향기와 맛이 신기롭더라'라는 짧은 다시茶詩를 적어 지인들에게 보내주곤 했다. 스님은 먹물이 남아 붓장난을 좀 했다고 웃으셨지만, 사실은 당신이 경험한 '텅 빈 충만'을 드러낸 소식이라고 나는 믿는다. '텅빈 충만'을 불가의 단어로 말한다면 진공묘유眞空妙有다. 텅 빈 상태는 진공이고 그 상태에서의 충만은 묘유인 것이다.

내가 소장하고 있는 그림도 스님께서 불일암 시절에 그리신 묵화墨畵다. 거기에도 다관 하나와 찻잔 하나다. 스님의 모든 그림에는 다관과 찻잔이 하나뿐이다. 찻잔이 두 개면 스님식의 묵화가 아니다. 찻잔이 하나인 까닭은 스님께서 홀로 차를 마시는 모습의 상징일 것이다. 내 산방에 걸린 스님 그림에 조금 특이한 점이 있다면 다시의 내용이다.

명산에는 좋은 차가 있고
거기 또한 좋은 물이 난다 하더라.

오늘은 스님의 다시를 흉내 내어 감히 나도 한 수를 지어본다. 절대 존재인 '좋은 차體'와 인연을 짓는 '좋은 물用'의 대구對句를 찾고자 잠시 눈을 감아보니 딱 맞아떨어지지는 않지만 다음과 같이 나온다.

명산에는 좋은 스님이 있고
거기 또한 좋은 암자가 있다 하더라.

덕조스님이 찻자리를 마련한다. 창호를 투과한 햇살이 찻잔을 부드럽게 감싼다. 그러자 쉬고 있던 찻잔이 눈을 뜬다. 그사이에 찻물이 주전자에서 소소소 하고 솔바람 소리를 낸다. 찻잔으로 눈이 맑혀지고 주전자의 솔바람 소리로 귀가 밝혀진다. 이 소박한 모습의 찻잔들도 법정스님이 남긴 유품이리라.

차방인 수류화개실에서 내려다보이는 불일암 아래채.

법정스님만큼 다기를 사랑했던 분도 드물 것이란 생각이 든다. 찻잔 굽을 손가락으로 오므려 잡고서 아름다움을 감상하는 그윽한 눈빛은 붓꽃이나 모란꽃을 바라볼 때와 흡사했다. 어느 때인가는 내게 다음과 같이 술회하신 적이 있다.

　"무염거사, 다른 욕심은 다 정리했어요. 그런데 아름다움에 대한 욕심만큼은 잘 놓아지지가 않아요."

　나는 그때 스님의 마음을 바로 이해했다. 스님께서 봉은사 시절부터 주장한 철학이 무엇에도 집착하지 않는 '무소유'라는 것을 익히 알고 있었지만 '아름다움에 대한 욕심'을 쉽게 정리하지 못하는 스님을 내 나름대로 변호하고 싶었던 것이다. 스님을 뵙고 기록해놓은 그날 밤의 단상이다.

　"멀리 동글동글한 조계산 자락의 봉우리들이 운무에 가려 있다. 스님은 산자락을 바라보며 나이 드는 걸 절감하신다고 한다. 짐 같은 자잘한 욕심들은 나이 따라 저절로 정리가 되는데, 단 한 가지 만은 아직 내치지 못했다고 한다. 아름다움에 대한 욕심, 바로 그것을 어찌지 못하겠다는 것이다. 아름다움을 감상하는 낙樂만은 놓지 못하겠다는 말씀이다. 스님이 우려주는 차를 마시면서 차와 어울리는 찻잔의 색깔과 모양, 혹은 차로 인한 내면의 충만에 대해서 얘기하실 때면 스님의 심미안審美眼이 절로 느껴진다. 스님의 '아름다움에 대한 욕심'이

비로소 이해가 되는 것이다. 아무리 무소유를 실천하는 수행자라 하더라도 심미안까지 놓아버리라고 한다면 멋쩍은 일이 아닐 수 없다. 인간이란 존재는 로봇처럼 무미건조한 기계가 아니니까.

'최고의 차 맛은 홀로 마시면서 음미하는 적적한 맛이지.'

차 한 잔에 자족하는 노승의 모습. 깨달음의 실존이 있다면 바로 그런, 적적한 맛을 즐기는 스님의 모습이 아닐까."

수류화개실의 작은 창을 열자, 조계산 자락과 허공이 들어와 나라고 고집하는 나를 무색케 한다. '참을 수 없는 존재의 가벼움'을 깨닫게 한다. 내가 수류화개실을 잊지 못하는 까닭은 난생처음으로 작설차를 마셔본 소중한 공간이기 때문이다. 스님께서 〈샘터〉지에 「산방한담」을 연재하시고 난 뒤 새로운 산문집을 준비하실 때였다. 서문을 받으러 불일암에 올라갔다가 이곳에서 '좋은 차'의 맛과 향을 온전하게 경험했던 것이다.

스님은 차를 마시고 나서 기분이 상쾌해지자, 학생이 선생에게 숙제를 외워 바치는 것처럼 중국 당나라의 다인茶人이었던 노동이 지은 「칠완다가七椀茶歌」를 빠르게 읊조렸다. 스님께서 의역한 '일곱 잔의 차 노래'였다.

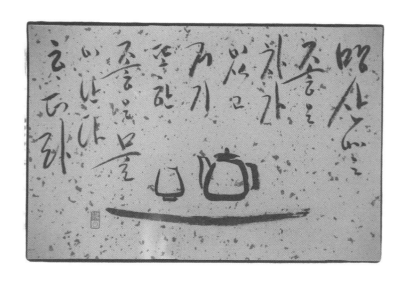

텅 빈 충만의 소식을 드러낸 법정스님의 선묵화 禪墨畵.

차 한 잔을 마시니 목과 입을 축여주고

두 잔을 마시니 외롭지 않고

세 잔째엔 가슴이 열리고

네 잔은 가벼운 땀이 나 기분이 상쾌해지고

다섯 잔은 정신이 맑아지고

여섯 잔은 신선과 통하며

일곱 잔엔 옆 겨드랑에서 맑은 바람이 나는구나

훗날 스님은 불일암을 떠나 강원도 오두막에서 차 마시는 마음가짐을 글로 남기시기도 했는데, 스님의 오랜 차 살림의 지혜가 그대로 드러나 있어 차 마시는 이들이 금쪽같이 귀하게 새겨들어야 할 말씀이 아닐까 싶다.

"고온 다습한 무더운 여름철에는 차 맛이 제대로 안 난다. 여름이 가고 맑은 바람이 불어와 만물이 생기를 되찾을 때 차 향기 또한 새롭다.

계절이 바뀌면 옷을 갈아입듯이, 다기도 바꾸어 쓰면 새롭다. 여름철에는 백자가 산뜻해서 좋고, 여름이 지나면 분청사기나 갈색 계통의 그릇이 포근하다. 여름철에는 넉넉한 그릇이 시원스럽고, 가을이나 겨울철에는 좀 작은 것이 정겹다.

무더운 여름철에 발효된 차는 그 맛이 텁텁하고 빛이 탁해서 별로

지만, 가을밤 이슥해서 목이 마를 때 발효된 차는 긴장감이 없어 마실 만하다.

녹차는 두 번 우리고 나면 세 번째 차는 그 맛과 향이 떨어진다. 홀로 마실 때 내 개인적인 습관은 두 잔만 마시고 자리에서 일어난다. 밖에 나가 어정거리면서 가벼운 일을 하다가 돌아와 식은 물로 세 번째 차를 마시면 앉은 자리에서 잇따라 마실 때보다 그 맛이 새롭다.

애써 만든 그 공과 정성을 생각하면 두 번 마시고 버리기는 너무 아깝다. 그렇다고 해서 앉은 자리에서 세 잔을 연거푸 마시면 한두 잔 마실 때의 그 맛과 향기마저 반납해야 한다.

차의 분량은 물론 찻잔의 크기 나름이지만 찻잔의 반을 넘지 않는 것이 부담스럽지 않다. 찻잔 가득 차도록 부으면 그 차 맛을 느끼기 전에 배가 부르다. 이런 차에는 차의 진미가 깃들 수 없다. 차를 따르는 사람의 마음이 차의 품위에서 벗어난 것이다.

차를 마실 때는 모든 일손에서 벗어나 우선 마음이 한가해야 한다. 그리고 차만 마시고 일어나면 진정한 차 맛을 알 수 없다. 차분한 마음으로 다기를 매만지고, 차의 빛깔과 향기를 음미하면서 다실의 분위기도 함께 즐겨야 한다.

차를 마시면서 나누는 이야기는 정치나 돈에 대한 것 말고 차에 어울리도록 맑고 향기로운 내용이어야 한다. 차를 마시면서 큰 소리로 세상일에 참견하거나 남의 흉을 보는 것은 차에 대한 결례다."

차를 마시고 나서 불일암에서 가장 가까운 감로암으로 가 들깨 국물로 만든 국수를 먹은 기억도 가끔 떠오른다. 당시는 감로암에 비구니 스님들이 살았는데, 국수를 다 드시고 나서 미련 없이 서둘러 나오시는 스님의 날렵한 발걸음도 잊히지 않는다. 잘 먹었다는 인사를 생략한 까닭은 스님식의 군더더기 없는 행동이 아니었을까 싶다. 후식이니 차담茶啖이니 하여 쓸데없이 낭비하는 시간과 행동은 스님의 질서에 맞지 않았던 것이다.

그때 수류화개실에는 두 폭짜리 가리개가 하나 있었다. 가리개에는 서산대사가 짓고 스님이 번역한 「선가귀감」의 한 구절이 쓰여 있었다. 어느 서예가가 정성을 들여 만들어 보낸 가리개인데, 스님께서는 차를 마시며 「선가귀감」의 구절을 거울 삼아 수행자로서 자신을 엄하게 비춰보는 것 같았다.

'출가하여 중 되는 것이 어찌 작은 일이랴. 편하고 한가함을 구해서가 아니며 따뜻이 입고 배불리 먹으려고 한 것도 아니며 명예와 재물을 구해서도 아니다. 번뇌를 끊어 생사를 면하려는 것이고, 부처님의 지혜를 이어 끝없는 중생을 건지기 위해서다.'

법정스님이 홀로 차를 마셨던 불일암 차방(수류화개실).

어느 해 겨울에 갔을 때는 가리개가 치워지고, 대신 하얀 수반이 하나 놓여 있었다. 수반에 놓인 돌에는 이끼가 촉촉하게 자라고 있었다. 이끼는 스님과 3년째 겨울 안거 중이라고 했다. 봄이 되면 이끼는 돌멩이와 함께 원래의 자리인 개울가로 되돌려 보내지는 모양이었다. 그러니까 미물인 이끼는 겨울 동안만 스님과 무언의 대화를 나눈 친구인 셈이었다.

스님은 이끼를 바라보시며 당신 혼자서만 차를 마시지 않았을 것 같다. 찻잔을 두 개 놓고 하나는 이끼를 위한 잔, 또 하나는 스님의 잔이지 않았을까 짐작된다. 어쩌다 한 번씩 녹차로 몸을 적시는 이끼는 차야말로 최고의 영양분이라는 것을 알았을 테고.

그리고 보면 법정스님은 자기 질서를 엄격하게 지켰던 수행자이자 맑은 다인이었다는 사실을 실감하지 않을 수 없다. 나는 차를 기호식품 내지는 습관적으로 즐기는 사람을 차인이라 하고, 차를 통해서 높은 정신의 경지에 오른 분들을 다인이라고 구분하여 부르는데, 일리가 있다고 동조하는 사람들이 더러 있는 사실로 보아 실없는 소리만은 아니라고 본다.

덕조스님과 특별한 얘기 없이 서로의 안부를 확인하고 법정스님을 회상하는 얘기를 몇 마디 했을 뿐이지만 마음이 오간 느낌이다.

법정스님의 흐트러짐 없는 손길이 느껴지는 장작 벼늘.

마지막 차는 찻잔에 맹물을 부어 마시는데 찻잔과 입안에 남은 맛과 향기를 음미하기 위해서다.

"맹물이 아니라 백차입니다. 목을 넘어갈 때 단맛이 나고 향기로울 것입니다."

눈앞에 있는 찻잔을 보니 이제 쉬고 싶다는 표정이다. 찻잔에 두 사람의 마음이 투영되어 그런 것 같다.

"스님, 서전西殿에 다녀오겠습니다."

서전은 두 칸짜리 토굴로 불일암 선방이다. 그곳만큼은 불일암 경내 중에서 금지구역인데도 덕조스님이 가보도록 배려해주신다. 그곳 마루에 혼자 앉아 법정스님의 무소유가 무엇이었는지 명상해볼 생각이다.

단순하고 간소하게 살아라

서전 가는 길 안내는 생략해야 될 것 같다. 내 글로 인해서 그곳까지 사람들이 찾아갈까 봐 두렵다. 산속에 와서도 세상 얘기를 큰 소리로 떠드는 잡인雜人들의 발걸음을 경계하기 위해서다. 혼자서 겨우 걸을 수 있을 만큼 좁은 다람쥐 꼬리만 한 오솔길이다. 언젠가 법정스님을 뒤따라간 적이 있다. 강원도 오두막에서 내려오신 스님께서 오솔길 가운데 선 나무를 보고서는 중얼거리셨다.

'잘 살고 있구먼.'

상좌스님들이 서전 가는 오솔길을 내면서 나무 한 그루를 쳐내지 않은 것에 대한 치하였다. 불일암에서 정진하는 상좌 스님들이 잘 살고 있다는 말씀도 되고, 실제로 나무가 잘 살고 있다는 말씀이기도 했다. 수행자들이 깨닫는다는 경지는 우주의 생명과 한 몸이 되는 것이리라. 한자 말로는 동체대비同體大悲다. 내 이웃은 물론 나무 한 그루, 풀잎 한 포기, 개미 한 마리까지도 내 몸과 한 몸이 되므로 그것들이 아프면 나도 아픈 것이다. 그러니 깨달음이란 자비와 사랑의 동의어다.

스무 걸음쯤 했을까. 너와를 이고 있는 두 칸짜리 흙집이 보인다. 처마 밑에는 서전西殿이란 편액이 걸려 있다. 글자만 가지고 본다면 방향이 불일암 서쪽에 있는 집이라는 뜻이다. 좀 더 걸어가 손바닥만 한 마당에 올라서니 꽃향기가 달려든다. 마당가에 피어 있는, 아직도 시들 줄 모르고 향기를 풍기는 노란 산국山菊이다. 한 아름 정도밖에 되지 않는 꽃 무리인데 서전 전체를 향기롭게 하고 있다. 꽃 향기는 어느 일부분이 아닌 전체로 존재하는 것 같다. 왜 그럴까. 아무것에도 머물지 않고 자기 전부를 드러내고 있으니 그러지 않을까 싶다.

법정스님은 향기를 귀로 듣는다 하여 문향聞香이라는 말씀을 자주 했다. 사람이 코를 벌름거리면서 맡는 것은 귀여운 것이 아니라 짐승스럽다고 했다. 그러나 산국의 향기는 진하여 굳이 코를 들이밀 것까지 없다. 덩실하게 높은 마루에 올라앉아 있는데도 향기가 바람결을 타고 따라와 스친다. 세상에는 공짜가 없다는데 마루에 무임승차하여 앉아 있는 것 같아 미안하기도 하다.

서전을 짓는 데 상주 인원 세 명이 봄부터 가을까지 고생했다는 애

법정스님을 위해 상좌 스님들이 손수 만든 두 칸짜리 흙집, 서전.

서전이란 편액 글씨 속에는 서래가풍을 잊지 말라는 뜻이 담겨 있다.

기를 전해 들은 적이 있다. 상좌 스님 한 명과 행자 한 명, 그리고 초보 목수 한 명이 매달렸다는데, 삽과 곡괭이로 산자락의 흙을 파내는 데 만 무려 3개월이 걸렸다고 한다. 사람의 손만으로 터를 닦았다 하고, 목재와 자재를 산 아래서부터 지게질로 올렸다고 하니 모든 것을 기계 장비에 의존하여 단거리 경주하듯 공기를 단축하는 건축업자들은 도무지 이해할 수 없는 집일 것이다. 서전이 완성되어갈 무렵 법정스님은 강원도 오두막에서 상좌에게 편지를 띄웠다.

"전기를 끌어들일 생각을 하지 마라. 전기가 들어가면 곁들어 따라 들어가는 가전제품이 한두 가지가 아닐 것이다. 전화도 필요 없어야 한다. 편리함만을 따르면 사람이 약아빠진다. 불편함을 이겨나가는 것이 곧 도 닦는 일임을 알아라.

수도를 끌어들이지 마라. 수도가 들어가면 먹고 마시는 일이 따라 가고 자연히 사람들이 모여들게 된다. 차 이외에는 마실 것을 두지 마라. 찻잔은 세 개를 넘지 않아야 한다."

전기, 전화, 수도를 서전에 끌어들이지 말라는 당부를 왜 하셨을까. 아예 문명을 등지고 살라는 말씀은 아니었을 것이다. 그보다는 문명의 과잉으로 인하여 청빈과 덕德이 상실되는 것을 경계하라는 말씀이 아니었을까 싶다.

스님의 편지가 가리키는 바는 미국의 철학자이자 시인인 헨리 데이비드 소로의 사유와 흡사하다. 스님께서 젊은 시절부터 머리맡에 두고 읽던 책 중에는 일본어판 소로의 『숲속의 생활』도 그중 한 권이었는데, 나는 스님의 권유로 내가 일했던 '샘터사'에서 번역을 의뢰하여 편집을 한 적이 있다. 그러나 일본어판을 옮긴 중역重譯이었기 때문에 영어 원문과 다른 문장들이 많아 곧 절판했지만, 스님께서 출판해보라고 직접 권유한 책으로는 처음이었다. 그만큼 스님께서 소로의 철학에 크게 공감하셨던 것이다. 훗날 미국으로 가시어 소로가 살았던 현장을 순례하고 돌아오신 것만 봐도 짐작할 수 있는 일이다. 스님께서는 소로가 던지는 메시지를 쉽게 말씀하시곤 했다.

"소로는 단순하고 간소하게 살라고 했어요. 자신이 월든 호숫가로 들어가 집을 짓고 자신의 생각대로 살았잖아요. 생존을 위해 최소한의 것만 가지면 되지 온갖 것을 잡다하게 갖지 말라는 거예요. 그럴수록 우주와 자연의 섭리에 더 멀어진다는 거지요. 소로는 자신이 선택한 가난은 가난이 아니라고 했어요. 한마디로 불필요한 것을 버리고 단순하고 간소하게 사는 것이 행복이라는 거예요. 현대인들이 귀담아들을 만한 소로의 얘기지요."

스님께서 '무소유'에 대한 신념을 소로의 『숲속의 생활』을 보시고 나서 확신했을 것이란 생각이 든다. 물론 자기 자신이 뭇 생명과 하나 되는 무아無我를 이루고 최소한의 것만으로 아주 단순하게 사는 게 수행자들이 지향하는 무소유 삶이기도 하지만. 스님도 공空의 세계에서는 '나도 없는데 하물며 내 것이 어디 있겠느냐'고 말씀하신 바 있다.

그래서 불가의 수행자들은 삼부족三不足을 염두에 두고 정진하고 있는 것이다. 세 가지가 적으면 도를 이룰 수 있다고 하는데, 스님께서도 상좌 스님이나 재가제자들에게 간곡하게 강조하셨다.

"입안에 말이 적고 마음에 일이 적고 배 속에 밥이 적어야 한다. 이 세 가지 적은 것이 있으면 신선도 될 수 있다."

선방의 선객들은 식부족食不足, 의부족衣不足, 수부족睡不足을 일컬어 삼부족이라고 말하기도 한다. 공부하려면 먹는 것이 적어야 하고, 옷이 적어야 하고, 잠이 적어야 한다는 말인데, 넘치기보다는 부족하고 가난한 자리에서 수행의 길을 열어가라는 말일 것이다. 스님은 '간소한 삶'을 말씀하실 때 어느 가톨릭 수도원의 생활 규칙을 가끔 예로 드시었다.

"어느 가톨릭 수도원에서는 한 달에 두 번씩 자기가 가진 사물을 공개하는 규칙이 있다는 거예요. 함께 사는 수사에게 사물을 보여주기 전에 스스로 가질 것만 가지라는 뜻이지요. 하나만 있으면 되지 둘은 불필요한 거예요. 필요한 사람에게 나눠주어야 해요. 내가 말하는 무

소유란 이런 거예요. 주는 사람이 부자예요. 주려면 살아 있을 때 줘야 해요. 물건도 주인이 죽게 되면 빛을 잃는 거예요. 같이 죽는 거지요. 죽은 사람의 유물을 가지라고 하면 왠지 섬뜩해지잖아요. 그러니까 살아 있을 때 나누고 살 줄 알아야 돼요. 나는 간소해져서 좋고 남은 필요해서 좋은 거예요."

스님께서 내게 해주신 법문 중에 무소유가 뭔지를 깨닫게 해준 말씀이 있다. 스님은 원고를 쓰실 때 반드시 잉크가 가늘게 나오는 볼펜이나 만년필을 사용하셨는데, 어느 날 만년필이 하나 더 생겨 두 개가 되었다. 불일암을 찾아온 신도가 문구류를 좋아하는 스님의 취향을 알고 선물했던 것이다. 그러나 스님은 얼마 지나지 않아 그 만년필을 다른 사람에게 주어버리고 만다. 만년필이 하나만 있을 때는 그것의 고마움이 느껴져 사랑스럽고 살뜰한 마음이 들었는데, 두 개가 되고 난 뒤부터는 만년필에 대한 살뜰한 마음이 시들해지고 쓸데없는 집착이 생겼기 때문이었다.

햇살이 깊이 들자 마루가 온돌처럼 따뜻하다. 나 혼자 마루에 앉아 조계산 자락을 바라보고 있으니 내가 주인이 된 느낌이다. 문득 서전西殿이란 편액의 글씨가 화두처럼 다가온다.

'달마대사가 서쪽에서 온 뜻이 무엇인가祖師西來意'라는 뜻이 담겨 있는 것도 같다. 중국의 조사와 선사들이 참구한 '나는 누구인가'

밝은 달이 뜨고 맑은 솔바람이 지나가는 조계산 자락.

를 묻는 서래가풍西來家風을 잊지 말라는 뜻이리라.

조주선사에게 한 학인學人이 물었다.

"조사가 서쪽에서 오신 뜻이 무엇입니까."
"뜰 앞의 잣나무니라."

바로 이 마루에 앉아서 스님의 법문을 듣던 일이 어제의 일처럼 생생하다. 스님은 굳이 무소유를 말씀하시지 않고 늘 '단순하고 간소하게 살기'를 당부하셨다.

"삶에 공식이 있지는 않아요. 사람마다 다 다른 거지요. 나의 경우 제일의 과제는 '어떻게 하면 보다 단순하고 간소하게 살 것인가'예요. 우리는 문명의 이로운 기계로 인해 혜택도 받지만 많은 것을 잃고 있어요. 편리하기 때문에 다 받아들이게 되고, 그러다 보면 자기 자신이 주인이 되지 못하고 점점 해체되고 말아요. 물건의 노예가 되고, 조직의 노예가 되고, 관계의 노예가 되는 거지요. 그렇기 때문에 자기 자신으로 돌아가기 위해서는 보다 단순하고 간소해져야 돼요. 보다 단순하고 간소하게 산다는 것은 본질적인 삶을 산다는 말이지요."

방 안에 가구 같은 것이 많으면 눈에 띄는 것이 많아 마음이 개운치가 않은데, 빈방에 홀로 앉아 있으면 눈에 띄는 것이 없으므로 온전한

너와지붕과 두 칸 흙집이 법정스님의 무소유를 상징하고 있다.

자기가 된다며 당신의 경험을 예로 들었다. 무엇을 소유하게 되면 거기에 붙잡히게 되지만 가진 것이 적을수록 매인 데가 없으므로 그만큼 홀가분해지고 텅 빈 상태에서 충만을 느낀다는 말씀이었다.

그러면서 스님은 암자에서는 스님의 말에 귀를 기울이지 말고 자연의 소리에 귀를 맡기라고 당부했다. 우리가 자연과 너무 오랫동안 격리돼 살아왔기 때문에 자연을 가까이하는 일이 세끼 밥 먹는 일보다 더 긴요하다고도 했다. 푸른 대숲이나 먼 조계산 자락을 보고 물소리 바람 소리만 들어도 마음이 투명해지고 차분해질 거라며 그것이 바로 자기를 시들지 않게 하고 자기 속뜰을 가꾸는 일이라고 말씀했다.

서전을 내려서는데 문득 후회가 되는 일이 떠오른다. 스님께서 불일암의 달을 보고 내려가라는데도 밤눈이 어두운 나는 내 산방으로 돌아가는 것이 부담스러워 해가 떨어지기 전에 서둘러 하산했던 것이다.

"무염거사, 달 보고 가지 그래."
"스님, 이불재에도 달이 뜹니다."

예나 지금이나 밤눈뿐만 아니라 마음눈이 어두운 나다. 그날이 불일암에서 스님을 마지막으로 뵌 날일 줄 미처 몰랐던 것이다.

▲▲▲▲

해남 우수영에서

"사람이라면 누구나 보이지 않는 상처가 있는 법이다.

겉으로는 추억의 사진 한 장처럼 아름답고 멋진 청춘의 시간이었던 것 같지만

내면에는 사진 찍히지 않는 아픈 상처가 한두 가지 있게 마련이다.

그러나 바다 밑의 조개가 자신의 상처를 진주로 만들어내듯

세상에는 자신의 상처를 반짝이는 보석으로 승화시키는 사람도 있으니

법정스님이 바로 그런 분이 아닐까 싶다."

버려야만 걸림 없는 자유를 얻는다

우수영은 법정스님의 고향 땅이다. 진도가 보이는 바닷가 포구이기도 하다. 일주일 전 기상예보를 보고서 일부러 눈 오는 날을 기다렸다가 가는 길이다. 스님이 출가하기 위해 집을 나선 날 싸락눈이 내렸던 것이다. 스님의 속마음을 조금이라도 헤아려보기 위해서다.

『소설 무소유』를 취재하기 위해 한 번 간 적이 있으니 이번이 두 번째 길이다. 스님의 고향 마을에 사는 어떤 분에게 마음에 빚을 진 일도 있다. 처음 갔을 때 스님의 생가 안내와 마을 선후배 사이에 전해오는 스님의 속가 시절 얘기, 그리고 문화재 해설사로서 명량대첩비 같은 우수영 얘기를 들려주었던 분이다.

책이 발간되면 도움을 준 그분에게 꼭 선물하고 싶었는데, 오자가 없는 완전한 책이 나오기를 기다리다가 기회를 놓쳐버렸던 것 같다.

그래도 마음 한구석이 늘 개운치 못하였으므로 오늘은 벌충이라도 하듯『소설 무소유』말고도『암자로 가는 길 2』까지 챙겼다. 서명한 두 권의 책을 봉투에 넣은 뒤 두 번이나 확인하고 나서야 산방을 나섰으니 나도 어지간히 소심한 사람이 아닐 수 없다.

승용차가 장흥, 강진을 거쳐 해남을 들어서니 눈발이 날린다. 바람까지 세찬 듯 차 안으로 생가지가 찢어지는 것 같은 소리가 들린다. 바다가 가까워지고 있다는 직감이 든다. 길손을 맞이하는 해남의 바닷바람이 텃세를 부리는 듯하다.

스님의 고향은 해남군 문내면 선두리, 조선시대 때 우수군절도사右水軍節度使가 다스리는 군영軍營이 있어 우리들에게 우수영으로 더 알려진 곳. 지금도 그곳의 초등학교나 중학교 모두 우수영이란 이름이 붙어 있다. 스님도 우수영초등학교를 졸업한 뒤 목포로 유학을 떠났다고 전해진다.

명량 바다가 싸늘한 잿빛이다. 파도는 눈구름 사이로 햇살이 비칠 때만 고기비늘처럼 반짝거린다. 진도대교를 건너기 전에 바로 우회전하니 스님의 고향인 선두리 마을이다. 거북선 모양을 한 유람선 두 척이 선두리 선창에 닻을 내리고 있다. 선두리 마을은 망해산을 등지고 진도군의 섬들을 바라보고 있다. 망해산 누각도 보인다. 예전에는 수군들이 적을 감시하는 망루가 있었을 것이다.

법정스님의 고향 우수영과 명량 바다(전남 해남군 문내면 선두리).

명량 바다 너머로 보이는 진도의 섬들.

승용차를 선창 주차장에 세우고 나오니 눈발이 잠깐 멈춘다. 스님의 생가 터는 파도 소리가 들릴 만큼 바다와 가깝다. 현재는 파란 강판 지붕의 집이지만 스님이 초등학교를 다닐 때는 본채와 행랑채가 달린 기역 자형 초가집이었다고 전한다. 본채는 작은아버지 식구들이 살았고, 행랑채에는 스님의 어머니와 할머니가 사셨다고 하니 대가족이 함께 산 셈이다.

　말수가 적은 할머니는 스님의 책에 묘사된 대로 얘기를 맛깔나게 하시는 분이었고, 어머니는 명량 바다 너머에 있는 신안군 장산면 율도栗島에서 시집 와 '밤섬댁'으로 불렸고 밭을 맬 때에도 치마 끝에 흙을 묻히지 않는 단정한 분이셨다고 한다.

　스님이 네 살 때 아버지가 돌아가신 이유는 폐 질환 때문이었다. 평생 산중에 사셨던 스님이 왜 폐암에 걸렸을까 하고 스님의 입적 원인을 놓고 많은 사람들이 의아해했던 것으로 기억된다. 그러나 스님께서는 당신의 속가 아버지를 말씀하시면서 오히려 미안해하신 적이 있다.

　"폐 질환으로 일찍 돌아가신 아버지를 생각하면 나는 아주 장수한 거지요. 80세에 열반하신 부처님보다 오래 사는 것도 미안한 일이 아닌가요."

　부산 초량이 고향인 할머니가 시집왔던 스님의 선대는 잘살았지만 가세가 기울기 시작하여 작은아버지는 선착장에서 여객선 배표를 팔아 식구들의 생계를 어렵사리 해결했다고 한다. 해방 전후 당시는 모든 사람이 궁핍함을 견디는 시절이었으니, 현금이 오가는 배표를 팔았다 함은 마을 사람들 중에서는 그나마 여유가 있었던 것 같다. 실제로 당시 우수영 선창은 완도에서 목포 가는 여객선이 하루에 여덟 번이나 왕래할 정도로 아주 번창했으므로 목포로 유학 보낸 스님의 학비 정도는 대줄 형편이었고, 총명한 조카에 대한 기대감이 컸기 때문이었을 것이다. 그러나 작은아버지는 한때 살림이 어려워졌고 스님은 학비가 올라오지 않아 울면서 고향에 내려올 때도 있었다. 결국 스님은 생활비를 보태기 위해 고등학교 때는 인쇄소로 나가 아르바이트를 했다. 스님이 인쇄소에서 아르바이트를 했다는 것은 아마도 나만 아는 사실로 불일암에서 무슨 얘기 끝에선가 말씀하셨던 것이다.

"무염거사, 난 원고지 칸이나 메우고 살 인연이었는지 고등학생 때 여러 가지 일 중에서 하필이면 인쇄소에서 아르바이트를 했다니까."

어려운 살림 속에서도 자식도 아닌 조카를 대학교 3학년 때까지 학비를 대준 작은아버지의 노고는 결코 작지 않은 것 같다. 스님도 1970년 11월에 작은아버지가 별세했다는 전보를 받고는 몹시 비통해하셨다. 사촌 동생에게 쓴 편지에 스님의 마음이 절절하게 잘 나타나 있다.

"……이 세상에서 내게 가장 은혜로운 분은 작은아버지시다. 나를

법정스님이 졸업한 우수영초등학교와 망해산 망해루.

교육시켜 눈을 띄워주신 분이기 때문이다. 할머님이 돌아가셨다는 소식을 들었을 때는 그렇지 않았는데, 오늘은 법당에 들어가서 많이 울었다. 이 일 저 일 생각하니 내가 진 빚이 한량이 없구나. 불효하기 그지없고…… 나는 오늘부터 아버지의 명복을 불전佛前에 빌기로 작심했다. 49일 동안 불교 의식에 따라 기도를 드리는 일이다. 가신 분의 은혜에 보답하는 내 도리요 정성인 것……."

스님의 생가 터에서 10여 분 고샅길을 지나니 우수영초등학교가 나타난다. 1920년에 개교하여 역사가 100년 된 초등학교다. 스님은 해방 전해까지 공부한 25회 졸업생이다. 서쪽을 바라보는 학교는 바다 너머로 지는 해넘이가 장관일 것 같고, 감성이 풍부한 소년 박재철(스님의 속명)도 넋을 잃었을 법하다.

학교 정원에는 향나무들이 일렬종대로 서 있다. 수업이 끝나면 소년 박재철이 아이들과 함께 달려가 떨어진 꽃을 주웠다는 느티나무처럼 큰 태산목은 없다. 색깔과 모양이 목련꽃과 비슷한 태산목 꽃은 내 산방 뜰에도 피고 지는데 두 손으로 잡는 차사발처럼 우아하고 크다. 다만 교사校舍 옆에다 최근에 심은 것 같은 어린 태산목이 한 그루 보인다. 소년 박재철은 교실에서 섬들 가운데 가장 가까운 양도羊島를 넋을 잃고 바라보곤 했다. 아이들은 '맴생이섬'이라 불렀다 하고 지금도 섬의 소나무 숲에는 손수건처럼 하얀 학들이 내려앉는다고 한다. 한편, 먼 섬에서 밤새 깜박거리는 등대는 소년 박재철에게 장차 등대지기가 될 것을 꿈꾸게 했다.

그러나 소년 박재철 앞에 놓인 것은 꿈과 아름다운 풍경만은 아니었다. 생가지를 꺾고 뿌리째 뽑아버리는 태풍처럼 탐욕과 무지無智의 거친 세상이 깊은 상처를 주었다. 초등학교 5학년 때는 산수 시간에 일본인 흉내를 내는 담임선생을 비판하다가 고무 슬리퍼 짝으로 무자비하게 폭행을 당한다. 옆 반 아이들이 몰려와 담임선생의 폭행이 멈췄을 정도였다. 이후 스님은 수학에 대해서 흥미를 잃어버렸다고 말씀하신 바 있다.

"그 선생을 목포에서 우연히 만났는데 나를 보자마자 움찔하더라고. 그 일 이후로 수학 시간만 되면 재미가 없어 집중이 안 되더라고."

훗날 비폭력 운동을 펼친 간디나 평화주의자 슈바이처 삶의 본질을 일깨운 소로의 사상, 『어린 왕자』 같은 작품 등에 공감한 까닭도 이때의 깊은 내상內傷과 무관치 않을 것이다. 실제로 스님은 폭력을 극도로 경계하여 한때 반독재 운동에 간여하기도 한 바 모두가 잘 아는 사실이다.

스님에게 또 하나 더 상처를 준 사건은 6·25전쟁. 전쟁의 야만성은 학생 박재철의 친지와 선후배는 물론이고 가깝게는 어머니에게까지 미친다. 고등학교 3학년 때의 일로 박재철은 고향집에서 방문을 걸

법정스님의 생가 터(문내면 선두리 431번지).

어 잠그고 3일 동안 식음을 전폐하고 눈이 퉁퉁 붓도록 운다. 작은아버지가 문을 부수고 들어가서야 박재철은 방에서 나왔지만 그때 받은 충격은 실로 깊고도 컸다. 바로 그때부터 박재철은 야만스러운 이 세상을 벗어나 새로운 인생길을 꿈꿨는지도 모른다. 그러니까 대학 3년간은 출가를 결행하지 못하고 경계인으로서 떠돈 자의 반 타의 반의 시간이 아니었을까, 라는 생각이 든다.

사람이라면 누구나 보이지 않는 상처가 있는 법이다. 겉으로는 추억의 사진 한 장처럼 아름답고 멋진 청춘의 시간이었던 것 같지만 내면에는 사진 찍히지 않는 아픈 상처가 한두 가지 있게 마련이다. 그러나 바다 밑의 조개가 자신의 상처를 진주로 만들어내듯 세상에는 자신의 상처를 반짝이는 보석으로 승화시키는 사람도 있으니 법정스님이 바로 그런 분이 아닐까 싶다.

눈발이 다시 흩날리기 시작한다. 초등학교 교문 너머로 한두 집의 문방구가 문을 닫고 있다. 소년 박재철이 들러 연필이나 공책을 샀던 가게인지는 불분명하지만 스님이 돼서도 유난히 문구류를 좋아하셨던 성정으로 보아 용건이 없는데도 구경이라도 하기 위해 가끔 들러 기웃거렸을 것 같다.

할머니가 입학 기념으로 옷을 사준 가게는 번화한 선창의 어느 옷가게였으리라. 옷을 사면 덤으로 경품을 뽑도록 하여 선물을 주었는데, 소년은 사발시계를 뽑아 갖고 싶었지만 글을 쓰라는 운명처럼 원고지 한 묶음을 받고서는 아쉬워했다고 한다.

인적이 끊긴 고샅길은 눈발이 가득하다. 나는 다시 고샅길을 따라 스님의 생가 터로 걸어가본다. 표지석標識石 하나 없는 현실이 아쉽다. 성자는 자신이 태어난 고향에서 대접받지 못한다는 말도 있지만 '법정스님 생가 터'라는 안내문 한 줄 없는 것이 슬프다. 현재의 집 담벼락에 붙은 '문내면 선두리 431번지'라는 주소 표식이 무표정하기만 하다.

출가를 작심한 청년 박재철은 이 집에서 선창으로 나가 목포로 가는 배를 탔다. 청년은 싸락눈이 내린 그날 어머니에게는 차마 사실대로 말하지 못하고 시골의 친구 집에 다녀오겠다고 말하고는 집을 떠났던 것이다.

생가 터에서 파도가 넘실거리는 선창까지는 5분도 안 되는 거리다. 나도 눈발을 맞으며 선창으로 나가본다. 출가出家란 단순히 집을 떠나는 것이 아니다. 크게 버리고 나서야 걸림 없는 자유를 얻는 '위대한 포기'의 행위다. 능동적으로 버리는 포기 앞에 '위대하다'는 형용사가 붙은 단어가 출가인 것이다.

눈구름 사이로 빛살이 비치면서 눈발이 조금 성글어진다. 그러나 선창의 바닷바람은 여전히 매섭다. 뼛속까지 얼게 하는 느낌이다. 청년 박재철이 새로운 인생길을 가기 위해 고향집을 떠난 날도 이런 바닷바람이 불었을 것이다. '혹독한 추위가 없다면 매화가 어찌 향기를 얻을 것인가'라는 어느 선사의 게송 한 줄이 문득 떠오른다.

▲▲▲

진도 쌍계사에서

"눈보라가 매섭게 몰아친다.

동백꽃이 피었다가도 눈보라에 얼어 낙화할 것만 같다.

쌍계사 법당 뒤 산자락에 핀 동백꽃을 잊을 수가 없다."

필연은 우연이란 가면을 쓰고 손짓한다

진도대교를 건너자마자 갑자기 가게마다 흰둥이, 검둥이, 누렁이들이 보인다. 두 귀는 쫑긋하고 꼬리는 동그랗게 말아 올린 듬직한 모습이다. 진도의 명품인 진돗개들이다. 그러고 보니 진돗개가 이정표보다 먼저 '여기는 진도입니다'라고 알려주는 듯하다.

눈보라가 매섭게 몰아친다. 동백꽃이 피었다가도 눈보라에 얼어 낙화할 것만 같다. 쌍계사 법당 뒤 산자락에 핀 동백꽃을 잊을 수가 없다. 동백꽃은 온몸으로 정직하게 피는 꽃이다. 대부분의 꽃들은 낙화하는 순간부터 시드는 탓에 꽃으로서의 투명한 빛을 잃지만 동백꽃은 그렇지 않다. 동백꽃은 낙화를 경계 삼아 비로소 꽃으로서의 아름다움이 완성되는 느낌이 든다. 동백꽃의 낙화는 보는 이의 마음을 절절하게 파고든다. 흰 눈에 순결한 핏방울처럼 떨어진 동백꽃은 자결自決의 비장함까지 더해 옷깃을 여미게 한다.

법정스님께서 '난 전생에도 중이었을 것 같아'라고 혼잣말처럼 여러 번 말씀했는데, 나는 그 말씀을 세 번 정도 들은 것 같다. 그때마다 나는 마음속으로 적잖이 놀랐다. 스님의 성정으로 보아 절대로 전생이란 낱말을 좋아하시지 않을 것 같았기 때문이다. 스님은 언제나 '지금 이 순간'을 잘 살아야 한다며 과거(전생)나 미래(내생)의 관심에 빠지는 것을 몹시 경계하셨던 것이다.

그런데 나는 스님의 지나가는 말투 속에서 당신의 전생을 말씀하신 까닭이 분명 있을 것이라고 생각했다. 영적인 직관은 과거와 미래의 일을 알아맞힌다고 한다. 불가에서 말하는 숙명통宿命通이 바로 그것이다. 지금은 돌아가시고 안 계신 서옹스님이나 일타스님 등을 친견하면서 그러한 얘기를 너무도 많이 들어 나는 확신하는 편이다. 그것은 봄바람이 불면 꽃이 피고 겨울바람이 불면 얼음이 얼 듯 자신의 의지와 상관없이 자연스럽게 드러난다. 시절인연의 도리다.

스님이 진도에 처음 간 것은 초등학교 시절에 어른들을 따라 명량나루에서 배를 타고 건너갈 때였고, 두 번째는 목포로 유학 가 중학교를 다니는 동안인 중2 수학여행 때였다. 가을철 수학여행은 담임선생의 인솔로 갔는데, 8·15 해방 직후 누구나 어려운 시절이었으므로 반에서 빠진 학생이 많아서 겨우 열 명 남짓이었다. 후박나무, 참가시나무, 감탕나무 같은 상록수들 사이로 활엽수들이 붉고 노랗게 단풍 든 가을이었다. 담임선생은 주지채에서 자고, 수학여행 온 학생들은 묵은 요사채의 한방에서 잤다.

아침 해가 짙은 안개 속에 떠 있을 무렵에 절을 떠나면서 스님은 울었다. 절과 헤어진다고 생각하니 갑자기 눈물이 났다. 수학여행 온 친구들은 아무도 눈치를 못 챘다.

'전생에 그 절에 살았는지도 몰라. 내가 태어난 우수영에서도 가깝고 떠나기가 서운해서 울었던 것을 보면.'

그때 나는 어린 중학생에게 목포 유학이 얼마나 고달프고 힘들었으면 그런 마음이 들었을까 하고 생각했다. 해방 직후의 현실은 세끼 굶지 않으면 다행일 정도로 누구에게나 팍팍했던 것이다. 스님이 쓴 글을 보면 당신의 전생 인연은 더 확실해진다.

"쌍계사는 8·15 직후 우리 반 선생님의 인솔로 여남은 이서 수학여행을 갔다가 하룻밤 묵고 온 인연 있는 절이다. 단풍이 곱게 물든 가을이었다. 자욱한 아침 안개 속에 묻힌 절을 뒤에 두고 떠나올 때, 나는 너무도 서운해서 뒤돌아보며 흐느껴 울던 기억이 있는 그런 절이다. 40년이 지난 지금 생각을 해도 알 수 없는 일은, 하룻밤 쉬어 오는 절에 무슨 정이 들어 어린것이 그토록 서운해하면서 울었을까 하는 생각이다. 어쩌면 전생에 내가 그 절에 살았기 때문에 그랬을지 모른다는 생각도 들긴 하지만."

법정스님이 중2 때 수학여행을 와 홀로 기도했던 쌍계사 대웅전.

눈보라 속을 달리니 한겨울 추위에 웅크리고 있는 첨찰산이 보인다. 관광지화 된 운림산방의 건물들이 스산하게 나타나고, 신라 문성왕 19년(857)에 도선국사가 창건한 쌍계사 일주문이 드러난다. 예전에는 쌍계사와 운림산방 사이에 이웃집처럼 드나드는 오솔길이 있었는데 지금은 막아버렸다. 아마도 행정 당국이 외지 관람객의 관광 수입을 올리려고 그런 것 같다.

경내에 선 동백나무를 보니 예상했던 대로 동백꽃이 누렇게 얼어 있다. 낙화할 틈도 없이 얼어붙은 모양새다. 눈 속에 묻힌 절의 방문들이 모두 꼭 닫혀 있다. 예전에 차를 한 잔 나누었던 주지 스님이 아직도 계신다는 사실을 전화로 확인하고 왔지만 날씨 탓에 만날 엄두가 나지 않는다. 눈보라가 마음을 급하게 한다. 돌아가는 길이 걱정스럽다.

몇 년 사이에 전각들이 복원되고 중창되어 묵은 가람은 보이지 않는다. 스님이 하룻밤 묵었던 방도 찾을 길이 없다. 중학교 수학여행 때는 넓은 방인 줄 알았는데 나중에 와서 아주 작은 방인 것을 보고는 스님께서 쓴웃음을 지었다고 한 그 방이 사라지고 없는 것이다.

이번에는 스님께서 학생 때에 진도 쌍계사 이후 두 번째로 절에서 하룻밤을 보낸 얘기다. 목포상고 시절로 여름방학 때 대흥사 비구니 스님이 사는 암자를 찾아갔을 때였다. 비구니 스님만 사는 대흥사 산

법정스님이 중2 때 수학여행을 와 떠나기가 서운해 울었던 쌍계사.

내 암자를 찾아가 하룻밤 자게 되었는데 때마침 보름이 가까운 날이었다. 그날 밤에 평생 잊히지 않는 순간을 경험했다.

"노스님이 달을 보고서 합장한 채 '월광보살, 월광보살' 하던 모습이 지금도 잊히지 않아요. 어찌나 아름답던지 눈에 선해요."

함께 간 친구는 산중의 달이 도회지 달보다 더 밝구나 하는 정도였는데, 스님에게는 노비구니 스님이 나직하게 염불하듯 외던 '월광보살'이란 울림이 가슴 깊이 각인되었던 것이다. '월광보살'이란 말이 왠지 수없이 들었던 낱말처럼 친근했고, 마치 잃어버렸던 무언가를 되찾은 것처럼 감흥이 일었다고 한다.

"지금도 달만 보면 대흥사 암자의 그 노스님이 '월광보살' 하고 합장하던 모습이 아련하게 떠올라요."

세 번째는 대학생 시절에 백양사 목포포교당인 정혜사에서 불교학생회 총무를 보던 때였다. 대학생 동아리 활동의 일환으로 흑산도 주민들의 생활상을 조사하러 나가서 두 분의 스님을 만났다. 걸망 하나 메고 세상을 자유롭게 만행하는 멋들어진 스님 모습을 보았던 것이다. 스님들은 흑산도와 다물도에서 탁발하고 다녔지만 위의威儀가 당당했다.

범어사에서 온 도광스님과 도천스님이었다. 스님들은 먹는 것도 아주 담백했다. 젓갈이 들어간 김치나 생선조림 반찬을 일절 먹지 않고 고깃국도 입에 대지 않고 그대로 물렀다. 깨소금과 간장만으로 맨밥을 맛있게 먹었는데, 탁한 음식을 게걸스럽게 먹던 대학생들이 부끄러워하지 않을 수 없었다.

대학생이던 법정은 두 스님이 존경스럽고 호기심이 나 산중의 절 생활에 대해서 이것저것 물었다. 두 스님이 함께 다니는 이유도 들었다. 걸망에 거울을 넣고 다니는 도광스님이 말했다.

"우리는 전쟁 전에 금강산 마하연 선원에서 처음 만나 약속했어요. 성불할 때까지 서로 탁마하는 수행 도반이 되기로 했어요."

대학생 법정은 스님 생활이 좋은 도반을 만나기만 한다면 외롭지 않겠구나 하고 생각했다. 구도의 길을 함께 걷는 도반은 의리를 곧잘 저버리는 세속의 사람들과는 다르구나 하고 직접 눈으로 보고 느꼈다. 목포 부둣가에 내려 두 스님과 헤어지고 나서 다른 대학생들은 곧 두 스님을 잊어버렸지만 집으로 돌아온 대학생 법정은 그 스님들을 떠올리면서 '나도 스님이 되고 싶다'고 꿈꾸었다.

그런데 꿈을 꾼다고 해서 출가가 바로 이루어지는 것은 아니었다. 출가의 인연이 언뜻언뜻 나타났다가는 그 거리를 좁혀가면서 숨곤 하

추사 김정희와 초의선사의 제자인 소치 허련이 은거했던 운림산방.

기 때문이었다. 그것은 해저의 도도한 흐름 같은 필연이 매순간 움직이는 파도와 같이 우연이란 가면을 쓰고 넘실넘실 손짓하는 것이나 다름없었다.

절을 나와 다시 주차장을 지나니 운림산방 매표소가 나온다. 관람객의 발길이 뚝 끊어진 눈보라 치는 날에 운림산방을 찾는 것도 나름대로 운치가 있는 것 같다. 적막해진 운림산방에 홀로 서 있는 내가 주인공이 된 느낌이다.

물론 원래 주인은 조선 말기의 화가, 소치小痴 허련許練이다. 소치는 초의선사의 추천으로 추사 김정희를 찾아가 제자가 되어 이름을 떨치다가 부귀영화를 버리고 사십 대 중반에 지금의 자리로 들어와 은거했던 남종 화가다.

소치가 살았던 초가 마루에 앉아본다. 마당까지 따라온 눈보라도 발걸음을 잠시 멈춘다. 법정스님도 마루에 앉아 상념에 잠겼을 것 같다. 그때 스님이 가장 먼저 떠올린 기억은 무엇이었을까. 초등학교를 다녔던 우수영의 고독한 기억과 쌍계사 수학여행의 아련한 기억이 아니었을까. 감히 시적 은유로 말한다면 흩뿌리는 싸락눈과 곱게 물든 단풍의 추억이었을 터이다.

꽃 피듯 먼 추억에서 깨어난 스님께서는 문득 미소를 지으셨을 것

105

같다. 스님의 미소는 이 세상 모든 것은 지나가고 변할 수밖에 없다는 무상無常의 절실한 표현이 아닐까 싶다. 그런 생각이 들자, 나도 뜻 모를 미소가 지어진다. 미소는 전염성이 강해 시공을 뛰어넘는다.

신라 문성왕 19년에 도선국사가 창건한 쌍계사의 천왕문.

▲▲▲▲

미래사 눌암에서

"어떤 경계를 만나더라도 기뻐하지 않고, 성내지 않고, 탐내지 않고, 싫어하지 않는

모래와 같이 무심한 경지에 도달해야 도를 이룬다는 스님의 법문이다.

강변의 모래처럼 무심하게 살라는 말씀이다."

백 가지 지혜가 하나의 무심無心만 못하다

봉갑사 각안스님과 보름 전에 약속한 순례길이다. 나는 아침 일찍 봉갑사 문화원으로 가 각안스님의 조그만 승용차에 동승한다. 각안스님은 조계종 종정 혜암스님이 해인사 원당암에 적을 둔 이후부터 입적할 때까지 20년 동안 시봉한 효孝상좌다. 부처님을 시봉한 아난존자 같은 분과 함께 순례한다는 것도 나만의 정복淨福이다.

중부지방에는 눈이 오고 있다지만 다행히 남부지방은 눈 기미가 없다. 우리의 목적지는 통영 미래사다. 미래사를 두 번째 가는 길인데, 처음에도 각안스님과 동행했던 것 같다. 승속의 신분이지만 서로 마음이 잘 통하는 편이다.

스님은 하심下心이 몸에 배어 있고 무엇보다 맑은 눈빛이 한결같다. 하심이란 '마음을 밑에 놓다'라는 불가의 단어인데 '겸손하다',

'친절하다', '자비롭다'라는 뜻을 지닌 단어다. 달라이 라마는 유럽의 한 신부가 불교의 자비가 무엇이냐고 묻자 '친절'이라고 말했다. 좋은 절을 '친절', 가고 싶지 않은 절을 '불친절'이라는 우스갯소리도 있다.

다른 사람도 마찬가지겠지만 나는 눈빛이 한결같은 사람을 좋아한다. 눈빛은 속일 수도, 꾸밀 수도 없다. 마음이 맑은 사람은 눈빛도 맑다. 마음이 고독하고 불안한 사람을 안심시키는 것은 당의정糖衣錠 같은 달콤한 말이 아니라 따스하고 편안한 눈빛이다. 햇볕이 눈을 녹이는 이치다. 그래서 눈을 마음의 창이라 했을 것이다.

미래사 효봉암은 행자 법정이 효봉스님을 모시고 수행자로서 첫발을 내디뎠던 곳이다. 효봉스님의 제자가 되어 처음으로 중물을 들였던 암자다. 효봉스님이 어떤 분인지는 법정스님이 쓰신 효봉스님의 일대기 『달이 일천 강에 비치리』라는 문고판 책에 잘 나와 있다. 오래전에 불일서적에서 출판했는데 지금은 절판했는지 모르겠다.

효봉스님의 속명은 이찬형李燦亨. 이찬형은 일제 강점기 때 우리나라 최초로 판사가 된 법학도였다. 그러나 이찬형은 평양 복심법원(현 고등법원)의 판사로 재직하면서 사상범 동포에게 사형선고를 내린 뒤 3일간 식음을 전폐하고 고뇌하다가 집을 떠나 3년 동안 엿가락 장수를 하면서 방랑한다. 마침내 금강산으로 가 석두스님을 만나 출가의 길을 선택한다. 서른여덟의 나이에 출가했으니 늦깎이였다. 법기

법정스님의 스승 효봉스님이 주석했던 통영 미래사 입구.

암 동굴 속에서 절구통처럼 한 발짝도 움직이지 않고 들어앉아 대오하고 깨달음의 노래를 읊조린다.

바다 밑 제비집에 사슴이 알을 품고
타는 불 속 거미집에서는 물고기가 차를 달이네
이 집안 소식을 뉘라서 알랴
흰 구름은 서쪽으로 달은 동쪽으로

海底燕巢鹿抱卵 火中蛛室魚煎茶
此家消息誰能識 白雲西飛月東走

효봉스님은 금강산에서 제자들의 인연을 받아들여 조계산 송광사까지 내려왔다가 해방이 되자 해인사로 가 가야총림을 개설하고 방장 스님이 됐다. 그때 원주는 구산스님이었고, 시봉은 지금의 송광사 방장 스님인 보성스님이 했고 뒤이어 원명스님도 번갈아가며 했다. 6·25전쟁이 나자 해인사 가야총림이 해체되고 효봉스님은 상좌 구산스님과 손상좌 보성스님, 원명스님 등을 데리고 부산으로 피난 갔다가 통영 용화사에 머물렀다. 당시 용화사 주지 스님이 효봉스님을 흠모하여 용화사 산내 암자인 도솔암을 내주었던 것이다.

제자들이 효봉스님과 스님의 은사 석두스님을 편히 모시기 위해 용화사 반대편에 미래사를 짓고자 마음을 낸 것은 그 무렵이었다. 구산

보성스님과 원명스님의 고향 같은 미래사 경내.

스님은 도솔암 원주를 보고 있었기 때문에 보성스님과 원명스님이 미래사 불사佛事에 전력으로 매달렸다. 6·25전쟁이 끝난 다음 해 여름에야 조그만 인법당이 회향되자 첫 주지는 구산스님이 맡았고, 효봉스님은 절과 가까운 암자(토굴)에서 행자 법정의 시봉을 받으며 머물렀다. 암자 왼편 위 산자락에는 좌선대가 있고, 오른편에는 작은 동굴에서 물이 나오는 샘이 있어 보림補任(깨달은 뒤에 쉬는 일)하기에 더없이 좋은 장소였던 것이다.

어느새 차는 통영의 바닷가를 달리고 있다. 섬들이 동글동글한 연잎처럼 쪽빛 바다에 떠 있다. 눈앞에 우뚝 솟은 산이 우리나라 100대 명산 중 하나인 미륵산이다. 멀리 거제도가 보이는 해변의 산길에서 오른편으로 꺾어 오르자 눈앞에 편백나무 숲이 나타난다. 각안스님이 미래사 주지인 여진스님에게 미리 연락했는지 휴대전화 소리가 난다. 여진스님이 공양간으로 바로 오란다. 아침 8시 30분에 출발했는데 벌써 점심 공양 시간이다.

미래사의 특산물이 있다면 편백나무 향香이 아닐까 싶다. 산문 앞뒤로 온통 편백나무다. 마치 불일암 초입의 싱그러운 풍경과 흡사하다. 각안스님을 따라 대웅전으로 들어가 참배하고 나오니 여진스님이 바로 공양간으로 안내한다. 아마도 현재의 미래사는 법정스님의 행자 시절 때보다 규모가 훨씬 더 커졌을 것이다.

"저 대웅전은 효봉스님 계실 때의 건물입니까."

"아닙니다. 처음에는 조그만 인법당이었습니다. 노스님들이 지금까지 세 번 중창했다고 합니다. 지금도 저는 불사할 일이 생기면 방장스님(보성스님)과 우리 노스님(원명스님)에게 자문을 구합니다. 평소에도 방장 스님은 수시로 전화를 하십니다. 미래사는 그분들의 고향 같은 곳입니다."

그러면서 법정스님을 애기한다.

"요즘에는 법정스님이 수행한 미래사 암자를 보고 싶어 많은 사람들이 찾아옵니다. 대부분 불일암을 먼저 들렀다가 이곳으로 오는 것 같습니다."

절밥은 먹고 돌아서면 꺼져버린다는 말이 있다. 식단이 단순 소박하기 때문에 포만감이 오래가지 않기 때문이다. 그래도 수행자들에게 공공의 적이 있다면 더부룩한 포만감이리라. 주린 배를 채우기 위해서만 먹는 것이 아니라 식사 행위도 수행의 일부다. 그래서 수행자들은 누구나 다 공양 전에 오관게五觀偈를 외운다. 절마다 오관게가 조금씩 다르지만 법정스님이 우리말로 옮긴 오관게는 이렇다.

이 음식이 어디서 왔는고
내 덕행으로 받기가 부끄럽네

117

처음에는 작은 인법당이었으나 훗날 중창한 미래사 대웅전.

마음에 온갖 욕심 버리고

육신을 지탱하는 약으로 알아

도업을 위해 이 공양을 받습니다

법정스님은 부엌 탁자 옆에 '먹이는 간단명료하게'라고 써넣고 반찬은 세 가지 이하로 줄였다. 일식삼찬이 기준이었던 것이다. 먹는 일에 시간과 정력을 쏟고 싶지 않았고, 부엌에서 낭비하는 시간을 없애기 위해서였다.

날마다 오관게만 실천해도 족히 깨달음을 이룰 것 같다. 그래서 나는 음식을 앞에 두고 반성문 쓰듯 문득 한 생각에 잠겨본다.

'나는 농부의 수고에 대해서 고마워해본 적이 있었던가. 음식을 두고 내 못남을 스스로 부끄러워해본 적이 있었던가. 습관적인 식사가 아니라 섭생하는 약으로 알고 음식을 먹었던 적이 있었던가.'

그러나 나의 가볍고 짧은 생각은 난생처음 맛본 감자로 만든 옹심이 뭇국에 달아나고 만다.

"보살님, 옹심이 뭇국 한 그릇 더 주세요."

눈은 잠을 먹이로 삼고, 귀는 소리를 먹이로 삼고, 코는 향기를 먹이로 삼고, 혀는 맛을 먹이로 삼는다는 부처님 말씀처럼 나의 혀는 옹심이 뭇국에 집착해버린다. 내가 옹심이 뭇국을 두 그릇 비운 사이에 스님들은 공양을 마치고 기다리고 있다. 아침 일찍 서둘러 온 보람이 있다. 여진스님과 차담을 나눌 여유가 생겼으니 말이다.

공양간에서 밖으로 나오니 또다시 편백나무 향이 난다. 여진스님이 머무는 방도 마찬가지다. 방에서도 편백나무 향이 나는 까닭은 찻잎을 오랫동안 발효시킨 보이차 덕분이다. 편백나무 숲속 항아리에서 3개월 이상 바람을 쐰 보이차라고 하니 편백나무 향이 날 만도 하다.

"미래사는 효봉 큰스님 가풍이 깃든 절입니다. 효봉 큰스님은 금강 산에서 무자 화두를 타파하신 선승이셨습니다. 법정스님도 행자 시절 에 주로 참선에 대한 법문을 많이 들었을 것으로 생각됩니다."

효봉스님의 말씀 한 토막이 떠오른다. 스님의 가풍이 묻어나는 절 절한 말씀으로 기억된다.

"도를 배우는 사람에게는 백 가지 지혜가 하나의 무심無心만 못한 것이니, 그 마음에 집착이 없으면 뒷생각(번뇌 망상)이 저절로 이어지 지 않을 것입니다. 무심의 법을 얻으려거든 그 마음이 항하恒河(갠지 스강)의 모래처럼 되어야 합니다.

121

모든 부처님과 보살과 범천과 제석천 등 여러 하늘이 밟고 가거나 오더라도 그 모래는 기뻐하지 않고, 소·말·개·돼지·독사·개미·땅 강아지들이 밟고 가거나 오더라도 그 모래는 성내지 않으며, 금·은· 보물과 향·꽃 등을 거기에 뿌리더라도 그 모래는 탐내지 않고, 썩고 더러운 물건들을 던지더라도 그 모래는 싫어하지 않습니다.

우리들 마음 쓰는 것도 그러해야 합니다. 만일 단박에 무심하지 못 하면 아무리 많은 겁을 두고 수행하더라도 끝내 도를 이루지 못할 것 입니다."

어떤 경계를 만나더라도 기뻐하지 않고 성내지 않고 탐내지 않고, 싫어하지 않는 모래와 같이 무심한 경지에 도달해야 도를 이룬다는 스님의 법문이다. 강변의 모래처럼 무심하게 살라는 말씀이다.

이윽고 여진스님이 법정스님의 출가 수행지 효봉암 터로 가자고 일 어선다. 지금은 효봉암이 사라지고 없지만 대신 그 바로 밑에 보성스 님이나 원명스님이 가끔 들렀다 가는 눌암訥庵이 있다고 한다.

편백나무 숲의 향이 은은한 효봉암 터 가는 산길.

동으로 흘러가는 저 물을 보라

미래사 주차장 왼쪽에서 편백나무 숲 사이로 난 산길을 50미터쯤 걸어가니 멀리 한산도 앞바다가 보인다. 지금 가고 있는 오솔길이 효봉암 터로 가는 지름길이라고 한다. 법정스님도 통영을 오갈 때면 이 산길을 이용했을 것 같다.

그런데 지금 바다를 바라보는 이는 나만 아니다. 오솔길이 끝난 절벽 위에 선 미륵부처님도 바다를 내려다보고 있다. 미륵부처님은 현재의 삶이 힘들고 절망스러운 이들에게 미래의 희망을 주는 부처님이시다. 미륵부처님이 계시는 곳은 미래사에서 유일하게 바다를 조망할 수 있는 공간이다.

효봉스님이 좌선을 했던 좌선대는 미륵부처님 오른편 산자락에 있다. 철제 울타리를 붙잡고 게걸음으로 다가가니 보인다. 여진스님이

124

알려주지 않았더라면 무심코 지나쳤을 것이다. 가파른 산비탈에, 그것도 입석立石들이 바람막이가 된 천연의 좌선대가 있다니 놀랍다.

"좌선대 옆에 큰 소나무가 있었는데 어느 스님이 베어내 소동이 났지요. 큰스님이 와서 보시고는 크게 경책한 일이 있었습니다. 원래 풍경을 살리고자 제가 소나무를 심어보았지만 살리지 못했습니다."

각안스님이 좌선대로 올라가 가부좌를 튼다. 일산日傘 같은 소나무 그늘이 있어야 한낮에도 좌선할 수 있을 것 같다. 소나무가 잘 살지 못하는 까닭은 아마도 흙이 두텁지 못한 바위산이기 때문일 것이다. 무슨 이유로 그 스님이 소나무를 베어버렸는지 아쉽기만 하다.

좌선대에서 아래로 내려가니 눌암의 지붕이 보이고 효봉암 터가 나타난다. 눌암이란 암자 이름은 송광사 보성 방장 스님이 지었는데, 보조 지눌스님과 효봉 학눌스님을 기리기 위해 눌訥자를 따왔다고 한다.

이 효봉암 터에서 법정스님은 예비 스님으로서 행자 생활을 시작했다. 행자 법정의 일과는 효봉스님 곁에서 시봉하는 일과 하루에 두 짐씩 나무를 하는 일이었다. 아침에 한 짐, 오후에 한 짐씩 지게질을 했다. 효봉스님 방에 군불을 때는 일도 했다.

효봉암 터도 좌선대처럼 뒤에 병풍처럼 바위가 둘러서 있다. 어찌

미래의 부처님인 미륵부처님 앞에서 보는 한산도 앞바다.

보면 눌암보다 기운이 더 강하게 느껴지는 곳이다. 묵묵한 바위의 기운이 아닐까 싶다. 암자 터 입구에 효봉스님이 심었다는 동백나무가 한 그루 자라고 있고, 여름철에 효봉스님과 법정스님이 등목을 했다는 돌샘은 그 뒤에 있다. 고개를 숙이고 들여다보니 지금은 물이 말라 샘의 구실을 못 하고 있는 듯하다.

행자 법정은 바로 이 돌샘 때문에 평생 등에 질 무거운 짐을 다져본 것 같다고 술회하신 적이 있다. 돌샘 주변을 정비하기 위해 통영 시내에서 시멘트 두 포대를 사 지게에 지고 산을 오른 일이었다. 당시는 미래사를 오려면 용화사를 거쳐 오는 산길밖에 없었다. 통영 시내에서 용화사까지는 이십 리, 다시 용화사에서 미래사까지는 오 리 길이었다. 행자 법정은 시멘트 두 포대의 무게 때문에 용화사까지 와서 더 이상 걷지 못했다. 다리가 후들거려 주저앉고 말았다. 태어난 이후 가장 힘든 지게질이었다. 그러나 누가 대신 져줄 무게가 아니었다. 자신이 감당해야 할 무게였다. 결국 행자 법정은 용화사부터는 시멘트 두 포대를 한 포대씩 나누어 져 날랐다.

돌샘 주변에 시멘트가 발라진 흔적이 있다. 그 흔적을 보니 법정스님의 손길이 느껴지고 스님의 그림자가 어른거리는 것 같다.

효봉스님의 가르침을 듣는 시간은 주로 공양 때였다. 효봉스님은 공양을 하면서 이런저런 가르침을 주셨다.

효봉스님이 소나무 그늘 아래서 참선삼매에 들었던 좌선대.

"동서양에는 수많은 종교가 있는 줄 알 것이다. 허나 절대자에게 의지하지 않고 스스로 계戒, 정定, 혜慧, 삼학三學을 닦아 생사 해탈하겠다는 종교는 불교밖에 없느니라.

삼학을 집 짓는 것에 비유하겠느니라. 계율이 집터라면 선정은 재목이며 지혜는 집 짓는 기술 같은 것이니라. 제아무리 집 짓는 기술이 뛰어나더라도 재목이 없으면 집을 지을 수 없고, 제아무리 좋은 재목이 심산유곡에 있더라도 집터가 없으면 지을 수가 없고, 제아무리 천하 명당에 집터를 구했다고 하더라도 집 짓는 기술과 재목이 없으면 집을 지을 수가 없으니 어느 것 하나도 소홀히 할 수 없는 것이야. 이와 같은 이치로 삼학을 함께 닦아야 불도를 이룰 수 있는 것이니라."

이 무렵, 그러니까 용화사 도솔암과 효봉암 시절이었다. 효봉스님의 별명은 '금강산 절구통 수좌'에서 '너나 잘해 스님'이 하나 더 추가돼 스님들 사이에서 불렸다. 당시 상좌 스님들 중에는 수행 풍토를 흐리는 사람도 있었는데, 하루는 한 상좌 스님이 고자질을 했다.

"큰스님, 대중 중에 술 마시고 담배 피우는 사람이 있습니다. 게다가 여자도 만나는 것 같습니다. 대중의 질서를 위해서도 바로잡아야 합니다."

그러나 효봉스님의 대꾸는 무덤덤했다.

법정스님이 효봉스님을 시봉하며 행자 시절을 보냈던 효봉암 터.

"니가 보았다는 말이지."

"네, 스님."

"수행자는 술 마시면 안 된다는 말이지."

"그렇습니다."

"담배를 피워도 안 된다는 말이지."

"그렇습니다."

"여자를 가까이해서도 안 된다는 말이지."

"그렇습니다."

"잘 알고 있군그래."

잠시 후 효봉스님이 고자질하는 상좌 스님을 큰 소리로 나무랐다.

"너나 잘해라, 이 녀석아."

이후에도 효봉스님은 남의 잘못을 두고 시비하는 스님들을 신뢰하지 않았다. 수행자로서 자비심을 내어 감싸주지 않고 이쪽과 저쪽으로 편을 가르며 다니는 것을 아주 싫어하셨던 것이다.

용화사 도솔암에서 효봉스님을 시봉한 보성스님과 원명스님은 효봉암에도 자주 와 장작을 패거나 힘든 일을 했다. 현재는 대구 관음사에 주석하시는 조계종 원로의원 원명스님은 당시 도솔암에서 효봉스님으로부터 다음과 같은 친필 법어를 받기도 했다.

동으로 흘러가는 저 물을 보라

도도히 흘러 멈추지 않네

만약 참선을 이같이 한다면

견성이 어찌 더딜까

請看東流水 滾滾無停時

參禪若如是 見性何得遲

    도도히 흘러가는 물처럼 쉬지 않고 정진한다면 어찌 견성하지 않을 수 있겠는가, 라는 말씀이다. 낙숫물이 바위를 뚫는다는 금언처럼 스님의 성정이 느껴지는 게송이 아닐 수 없다. 나는 이 게송을 처음 접하고서는 반드시 수행자에게만 해당되는 것이 아니라고 생각한 적이 있는데 지금도 마찬가지다.

    무슨 일을 하건 간에 흘러가는 물처럼 쉬지 말아야 한다는 자각自覺이 든다. 한 방울의 물이 멈추지 않고 흘렀기 때문에 도도한 물결이 되고 바다가 된 이치다. 또한 물은 고지식하게 흘러갈 줄만 아는 것이 아니라 행동 방식이 유연하고 지혜롭다. 장애가 나타나면 돌아갈 줄 알고, 웅덩이가 나타나면 가득 채워질 때까지 기다릴 줄도 알기 때문이다.

    효봉스님을 도솔암에서 모셨던 보성스님의 말씀도 잊히지 않는다.

"효봉스님을 시봉할 때 얘깁니다. 하루는 신발이 잘못 놓여 있어요. 왼쪽 오른쪽이 바뀌어 있더군요. 바로 놓아드렸지요. 그런데 또 보면 거꾸로 놓여 있어요. 속으로 '이 어른이 왼쪽 오른쪽 분간도 못하나' 하고 생각하면서 또 바꾸어 놨어요. 그러던 어느 날 말씀하시더라고요."

"그냥 내가 하는 대로 가만 놔둬라."
"스님은 오른쪽 왼쪽도 모르십니까."
"그걸 모를 리 있나."
"신발을 왜 반대로 놓으십니까."
"바로만 신으면 바깥쪽으로만 닳잖아."

신발 뒤꿈치가 한쪽만 닳으니 바꿔 신으면 골고루 닳아 두 배나 오래 신을 수 있다는 대답이었다. 뿐만 아니었다. 밤에 켜는 초의 촛농을 절대로 버리는 일이 없었다. 시자에게 촛농을 깎아 모으도록 했다. 그리하여 촛농이 한 줌 쌓이면 심지를 박아 다시 사용하도록 했다. 촛농 불을 켜고 새벽 예불을 보도록 했던 것이다.

바다가 보이는 눌암으로 내려와 있는데도 법정스님의 그림자가 어른대는 돌샘과 효봉스님이 심었다는 동백나무가 자꾸 나를 부르는 것 같다. 그래서 다시 뒤돌아본다. 두 분의 고승이 마셨던 샘물인데 뜻밖에도 방치해놓은 것 같은 느낌이다. 샘물은 사용하지 않으면 마르기

마련이다. 효봉암 터의 돌샘 물이 마른 것도 오랫동안 수행자의 손길이 닿지 않았다는 증거다.

돌샘의 감로수가 다시 솟아나는 날을 기다려본다. 목마른 길손에게, 혹은 정진을 잘하는 수행자에게 생명의 물 한 모금으로 힘을 내게하는 것이 효봉스님과 법정스님의 뜻이라는 생각이 든다. 지금, 내 눈을 맑혀주고 있는 한산도 앞바다와 미륵부처님이 그렇게 말하고 있는 것 같다.

보조 지눌스님과 효봉 학눌스님을 기리기 위해 지은 눌암.

▲▲▲▲

쌍계사 탑전에서

"금당을 나와 뒤편 산자락으로 올라가보니 지리산의 한 봉우리인 삼신산이 장엄하다.

푸른 것은 침엽수요, 붉고 노란 것은 활엽수다. 법정스님도 침엽수와 활엽수가

두 손을 모으고 서 있는 삼신산의 무정설법無情說法에 눈과 귀를 맑히셨을 것 같다."

걸레라도 힘껏 비틀지 마라

하동 화개골은 1년에 한 번씩은 꼭 '차나들이'를 하러 들르는 지리산 골짜기다. 차나들이란 낱말은 햇차가 나는 봄에 나들이한다는 뜻으로 내가 만든 말이다. 아직은 혼자 사용하고 있지만 순수 우리말을 사랑하는 차원에서 국어사전에 올랐으면 좋겠다. 차나들이 중에 차회茶會를 가진 적도 있다. 마침 글을 한 편 써둔 것이 있어 먼저 소개하고 쌍계사 탑전을 오르고 싶다. 낮은 산모퉁이를 돌아오는 남도 바람처럼 느릿느릿 쉬엄쉬엄 간다 한들 어떠리!

더구나 쌍계사 탑전의 복수福水는 차인들이 즐겨찾는 샘물이 아닌가. 탑전은 차인들의 성소聖所이기도 한 것이다. 내 산문의 제목은 「매화꽃 그늘 아래서」이다.

"아침 일찍 내 산방山房을 나서 안개등을 켜고 저속으로 달린다.

안개가 짙어 20여 미터 전방은 잘 보이지 않는다. 이런 안개 속에서 화엄사까지 가자니 마음이 조마조마해진다. 그러나 소설가 김승옥이 단편소설 「무진기행」에서 '무진의 특산물은 안개'라고 말한 구절이 떠올라 안개 속의 풍경이 다소 낭만적으로 보이기도 한다.

난생처음 참석하려고 가는 차회다. 장소는 하동읍 먹점골 매화나무 숲 산자락이니 화엄사에서도 섬진강을 따라 30분쯤 내려가야 한다. 차를 달이고 차회를 주관하는 다각茶角은 석정원 원장 선혜禪慧스님이다. 저잣거리에서는 보통 팽주烹主라고 부르나 겸양을 내세워 다각이라고 하는 것 같다. 차회도 야외에서 갖는 형식이므로 차인들끼리는 들차회라고 부르는 모양이다.

다행히 화엄사에 도착하여 대요大了스님과 동행하고 나니 안개가 걷힌다. 일기예보와 달리 황사도 없다. 섬진강이 안개로 머리를 감은 듯 더없이 조신하게 보인다. 결코 내 산방과 먼 거리가 아닌데도 매화꽃이 만발한 섬진강 강변을 오랜만에 구경하고 있다. 그러고 보면 나는 은둔자 유형의 멋없는 사람임이 분명하다. 아무리 풍광이 수려한 명승지라도 사람들이 북적대는 곳은 일부러 피했고, 내 산방 뜰에 자라고 있는 매화나무 세 그루만으로 큰 복을 받은 듯 자족해왔던 것이다. 대요스님이 잠시 차창을 연다. 섬진강 변의 신선한 공기를 마시라고 그런 줄 알았는데 그게 아니다. 단숨에 매화꽃 향기가 차 안 구석구석 가득 찬다. 강변의 매화나무들이 낯선 손님에게 선사한 향기다.

법정스님이 시자 생활 때 날마다 참배했던 금당.

차회를 갖기로 한 먹점골 난야蘭若에는 이미 지인들이 도착해 있다. 대요스님과 나는 차회 장소를 바로 찾지 못하고 매화나무 숲속을 헤매다가 겨우 난야로 들어선다. 매화꽃 그늘이 진 마당가 반석에는 벌써 다구들이 준비돼 있고, 소반에는 매화나무 한 가지씩이 놓여 있다. 반석 위에 선혜스님을 중심으로 여러 명이 앉아서 한 사발의 맑은 차一椀淸茶를 기다린다.

선혜스님이 대요스님에게 '어느 잔으로 하시겠습니까' 하고 묻는다. 그러자 대요스님이 '아무리 부어도 넘치지 않고 부족하지 않은 잔으로 하겠습니다' 하고 답한다. 그러자 선혜스님이 오른쪽 무릎을 꿇은 자세로 말차를 다완에 넣고 다선茶筅을 능숙하게 휘저으며 거품을 낸다. 그것을 격불擊拂이라 하는데 공기가 좋으면 차 맛이 더 좋아진다고 한다. 그러니까 말차를 마신다는 것은 물과 차와 공기를 마시는 셈이다.

나는 조선 초기 막사발과 비슷한 천한봉 씨의 다완을 선택하였는데, 때마침 차회를 시샘하듯 강바람이 불고 까마귀가 날아와 운다. 뜻밖의 상황으로 차를 빨리 마셔버리자 선혜스님이 한마디 한다.

'너무 빨리 마시면 아취를 느끼지 못하고 너무 늦게 마시면 맛과 향이 달아납니다. 말차는 거품이 꺼지기 전인 1분 안에 마시는 게 좋습니다.'

모두가 말차를 한 잔씩 마시고 난 뒤 매화꽃 향기에 취해 시회詩會를 갖는다. 선혜스님이 먼저 「먹점골 차회」라는 제목으로 시를 읊조린다.

　　　봄바람 따라
　　　산굽이 더듬어 찾아가니
　　　난야엔 주인 없고
　　　매화꽃이 손님을 반기네
　　　매화꽃 향기로 달인 차 즐기다
　　　내려온 길 뒤돌아보니
　　　아득한 산마루 눈꽃이 피었네

　　나는 내 차례가 되어 스님의 시를 '군더더기가 없고 여백이 많은 동양화 같다'라고 촌평하면서 절창이라고 느껴지는 '매화꽃 향기로 달인 차 즐기다'를 음미하며 다음 사람에게 넘겼는데, 대요스님이 받는다.

　　　매화 향기 반짝반짝 배회하는
　　　온 골짝 이대로 선불장이요
　　　걸음걸음마다 무상을 노래하니
　　　산중의 큰 웃음소리 누가 듣는가

　　　梅香哲徘徊 萬溪谷選佛

대요스님의 시「매화 향기」는 게송인데 스님은 마음에 들지 않는다고 한다. 그러나 매화꽃을 감상하는 동안 탐미耽美의 울타리를 넘어 무상을 본다는 대목에서 수행자의 실다운 모습이 엿보인다.

매화꽃 그늘은 나의 대학 시절을 떠올리게도 한다. 신입생 백일장에서 진달래꽃 그늘에 앉아 글을 쓰던 때나 수십 년이 흐른 뒤 매화꽃 그늘에 앉아 시회를 갖는 지금이나 분위기가 흡사한 것이다. 마치 전생의 인연 같았던 차회를 마치고 내 산방으로 돌아오는 길에 나는 서울의 한 후배에게 '매화꽃 향기를 너무 맡아 병이 날 것 같다'고 전화하고 말았는데 온 골짜기에 매화꽃이 만발한 몽유夢遊의 산자락보다는 내 산방의 조촐한 뜰이 내 성정과 분수에 맞지 않을까 싶어서였다."

나는 이 글에 나오는 대요스님과 또 다시 동행하고 있다. 스님이 탑전으로 들어가기 위해 먼저 돈오문頓悟門으로 오르는 계단을 밟는다.

"스님, 이 탑전이 법정스님께서 효봉스님을 모시고 시봉했던 곳입니다."
"차를 좋아하셨던 법정스님께서 차의 고향인 화개골에서 시자 생활을 했다니 묘한 인연이 느껴집니다."

단박에 깨닫는다는 돈오문을 향해 오르는 스님.

시자侍者란 스승 옆에서 시봉하는 이를 뜻한다. 출가한 지 얼마 되지 않은 사미 스님이 시자를 맡는 경우가 많다. 스승을 가까이 모심으로 해서 가르침을 가장 많이 받을 수 있는 축복의 소임이기도 하다. 어느 스승 밑에서 어떻게 시자 생활을 했느냐에 따라서 그 수행자의 길이 달라진다. 우리가 사는 세상도 마찬가지다. 누구를 만나느냐에 따라서 인생길이 달라지기 때문이다.

법정스님은 탑전에서 효봉스님에게 갓 출가한 수행자가 외우는 「초발심자경문」을 배웠다고 한다. 통영 미래사 토굴에서 하안거를 마치고 탑전으로 와 「초발심자경문」을 배운 것이다. 그런데 수행이란 책을 읽고 배우는 것이 아니라 스승의 삶을 보고 닮는 것이라고 한다. 스승과 제자 관계가 무엇인지를 알려주는 일화가 있다.

한 젊은이가 고명한 선사를 찾아가 제자가 되었다. 제자는 선사에게 많은 가르침을 기대하고 하루하루를 보냈다. 그러나 선사는 젊은이에게 아무것도 가르쳐주지 않았다. 젊은이는 3년을 넘기면서 실망하여 "큰스님, 왜 저에게 아무것도 가르쳐주지 않습니까" 하고 하소연했다. 그러자 선사가 "너는 3년 동안 물 긷고 나무하고 도량 청소를 하지 않았느냐. 그게 나의 가르침이다"라고 말했다.

밥하고 나무하고 물 긷는 것이 산 가르침이자 수행인 것이다. 그래서 시자 생활 중에는 세상의 책을 멀리하라고 주의를 받는다. 법정스님도 세상의 책을 읽다가 혼이 났다. 『소설 무소유』에 나오는 장면이다.

"효봉스님은 법정이 행자 생활을 할 때보다 더 엄했다. 하루는 구례 장터에서 서점에 들렀다가 호손의 『주홍글씨』를 한 권 사서 탑전으로 돌아와 밤 9시 넘은 취침 시간에 고방으로 들어가 호롱불 밑에서 읽다가 큰스님에게 들켰다.

'세속에 미련을 두고 그런 걸 보면 출가가 안 되느니라. 당장 태워 버려라.'

법정은 바로 부엌으로 들어가 태워버렸다. 좀 아깝다는 생각이 들었지만 책이 아궁이 속에서 활활 타고 있는 것을 본 순간 예전에 책으로 인해 엎치락뒤치락하게 했던 번뇌마저 타버리는 것 같은 느낌이 들었다."

스님께서 또 하나 더 내게 말씀하신 것 중에는 당신이 시간을 지키지 못해 효봉스님으로부터 경책을 받은 얘기다. 화개장터로 장을 보러 갔다가 이것저것 구경하는 바람에 점심 공양 시간을 조금 넘긴 적이 있는데, 효봉스님이 크게 실망하시어 이렇게 말씀하셨다는 것이다.

"오늘 점심 공양은 짓지 마라. 오늘은 단식이다. 나도 굶고 니도 굶자. 공부하는 풋중이 시간을 지킬 줄 몰라서야 되겠느냐!"

그밖에도 효봉스님은 걸레를 짤 때도 걸레가 찢어지니 꽉 짜지 말 것, 비누도 조각이 완전히 다 녹아 없어질 때까지 쓸 것 등을 손수 시범을 보이며 가르쳤다. 이러한 스승의 행위를 닮는 것이 시자로서는 진정한 수행이었다.

금당 편액 좌우에 세계일화 조종육엽世界一花 祖宗六葉과 육조정상탑六祖頂相塔이란 추사 김정희 글씨가 걸려 있다. 금당으로 들어가 참배를 한다. 금당 안에는 불상 대신 석탑이 봉안돼 있다. 석탑 안에 선불교를 완성한 중국의 육조 혜능대사의 정상頂相(머리)이 실제로는 봉안돼 있지 않지만 삼신산 자락에 모셔져 있다고 한다. 탑전이란 금당의 석탑을 지키는 전각이라는 뜻이다.

금당을 지키는 보살에게 석탑의 내력을 물어보니 스님이 잘 아신다고 대답을 사양한다. 육조 머리의 봉안이 사실이든 아니든 간에 효봉스님이 금당 옆에서 정진하고자, 사미 법정을 데리고 온 까닭은 혜능대사 가풍의 후예라는 자부심 때문이었을 것이다.

대요스님이 먼저 엎드려 참배하고 뒤이어 나도 마룻바닥에 무릎을 꿇는다. 절하는 행위를 우상을 섬기는 행위라고 하는 이들에게 할 말이 있다. 지금 내가 하고 있는 절은 나의 허망한 그림자를 지우고 없애는 행위이지 우상에게 나를 구원해달라고 비는 의식이 아니라는 점이다. 저 석탑이 어떻게 나를 구원할 수 있겠는가. 만약 그렇게 믿는

혜능대사의 정상이 봉안됐다고 전해지는 금당 안의 석탑.

금당 뒤 산자락에서 보이는 삼신산의 침엽수와 활엽수.

이들이 있다면 당장 정신과 치료부터 받아야 할 것이다.

　석탑 앞은 촛대와 생화들로 장식돼 있다. 그러나 눈부신 것은 열린 문으로 들어와 석탑 밑에 고요하게 누운 햇살 자락이다. 금당을 나와 뒤편 산자락으로 올라가보니 지리산의 한 봉우리인 삼신산이 장엄하다. 푸른 것은 침엽수요, 붉고 노란 것은 활엽수다. 법정스님도 침엽수와 활엽수가 두 손을 모으고 서 있는 삼신산의 무정설법無情說法에 눈과 귀를 맑히셨을 것 같다.

진정한 도반은 내 영혼의 얼굴이다

금당 좌우로 작은 요사가 한 채씩 있다. 왼쪽 요사가 동방장東方丈이고 오른쪽 요사가 서방장西方丈이다. 현재는 선방으로 사용하고 있는데 법정스님이 시자 생활을 했던 건물은 아닌 것 같다. 그때는 금당 옆에 큰방과 고방, 그리고 부엌이 딸린 요사가 한 채 뿐이었고 탑전이라 불렀던 것이다.

그 무렵 시자 생활을 하던 법정스님은 출가해서 입적 때까지 단 한 사람의 유일무이한 도반道伴을 만난다. 스님은 그 '진리의 짝'을 회상하실 때면 다소 감상적인 목소리로 말씀하셨다. 대나무 마디처럼 차갑고 단단하게만 느껴지는 법정스님을 그 벗이 울렸다고 하니 귀를 기울이지 않을 수 없었다.

"출가해서 처음이었다니까. 열이 나고 오한이 들어 며칠 끙끙 앓아

누웠어요. 그런데 같이 겨울을 났던 스님이 팔십 리 구례읍까지 걸어 가서 한약을 구해 와 달인 뒤에 마시라고 내밀더라니까. 밤중이었어 요. 약사발을 보니 눈물이 나오더라고."

스님은 지난 얘기를 할 때마다 대체로 거두절미하고 불쑥 꺼내곤 했다. 그러니 앞뒤 사연은 스님의 글을 통해서 짐작해야 했다. 스님은 이 일을 두고 '진정한 도반은 내 영혼의 얼굴이다'라고 하셨다. 말 한 마디 없어도 영혼의 대화를 할 수 있는 그런 벗이 도반이라는 것이다.

아파서 누운 법정스님은 옆의 동료에게 약을 부탁하지 못했다. 미 안하기도 했지만 누구에게 의지하지 않는 것이 수행자가 살아가는 방 식이자 문법이기 때문이었다. 땅에서 쓰러진 자 땅을 짚고 일어나라 는 것이 옛 스승의 가풍이었다.

그런데 도반이란 영혼의 메아리이듯 분신이듯 행동해주는 이를 말 한다. 그래서 도반은 동료가 앓을 때 함께 앓아주기를 마다하지 않는 다. 자기 몸이 아픈 것처럼 아파했기에 팔십 리 섬진강 겨울 강바람을 맞으며 경상도 하동 쌍계사에서 전라도 구례까지 달려가 약을 구해 올 수밖에 없었던 것이다. 갓 출가한 스님들이 강원 1년차에 배우는 『치문』이라는 책이 있다. 거기에 다음과 같은 구절이 있다.

"먼 길을 갈 적에는 좋은 도반과 동행하여 자주자주 눈과 귀를 맑게 하고, 머무를 때에도 반드시 도반을 가려 때때로 아직 듣지 못한 것을 들어야 한다. 그러므로 속서俗書에도 이르기를 '나를 낳아준 이는 부모이고 나를 완성시켜준 이는 벗이다'라고 하였던 것이다. 착한 사람을 가까이하는 사람은 마치 안개와 이슬 속을 가는 것 같아서, 비록 당장에 옷이 젖지는 않아도 점점 촉촉하게 적셔진다."

도반이란 지연이나 학연, 혹은 긴 시간이 만들어주는 것이 아니다. 함께 사는 동안 알게 모르게 서로의 영혼이 깃든다. 법정스님도 그 도반 스님과 보낸 시간은 겨울 한 철뿐이었지만 서로의 영혼이 깃들 수 있는 둥지가 되었던 것이다.

효봉스님이 없는 그 겨울을 나는 동안 법정스님은 하루 한 끼 공양을 짓는 공양주를, 그 도반은 국을 끓이고 반찬을 만드는 소임을 보았다. 청소는 법정스님이 금당과 정랑을, 그 도반이 큰 방과 부엌을 맡았다. 그 밖의 일은 자기가 없다고 여기면서 정진했기에 서로의 의견을 따르기만 할 뿐 단 한 번도 불협화음이 나지 않았다. 두 사람은 약속이나 한 것처럼 동안거 중에 깨달음을 이루어 부처가 되겠다는 거창한 꿈은 꾸지 않았다. 하루하루 소임을 짠 그대로 사는 것이 감사하고 고마울 뿐이었다. 풋풋한 그들에게 단 하나 꿈이 있다면 안거를 무사히 마치고 나서 학창 시절에 기말고사 끝나는 날 영화 한 편 보듯 삼보사찰인 통도사, 해인사, 송광사를 차례로 순례해보는 것이었다.

그런데 동안거 해제 전날 법정스님은 지독한 독감에 걸리고 말았
다. 해제 전날 찬바람을 쐬며 밀린 빨래를 하고 찬물에 목욕을 한 것
이 원인이었다. 도반은 해제를 했는데도 떠나지 못하고 며칠 동안 미
음을 쑤고 법정스님의 머리맡에 앉아서 간병을 했다. 그래도 차도가
없자 구례읍까지 걸어가 탁발하여 한약을 구해 왔다.

그때 법정스님은 한약을 마신 것이 아니라 도반의 곡진한 정성을
마셨던 것이 아닐까. 그러고 보니 최고의 명약이란 진실한 마음을 담
은 정성이 아닐까 싶다. 스님은 다음 날 가뿐하게 일어나 기운을 차리
고 탑전을 떠났으니 말이다.

탑전에서 내려와 대웅전으로 오른다. 2층 누각인 팔영루를 돌아가
는 중에 대요스님이 불구점佛具店을 들르자고 한다. 바람으로 소리
를 내는 풍경을 하나 사고 싶다고 한다. 스님이 지은 토굴 처마에 달
고 싶으신 모양이다.

누각 이름이 팔영루八泳樓인 것은 쌍계사를 창건한 진감 혜소스님
이 섬진강의 물고기가 노니는 모습을 보고 영감을 받아 팔음률八音律
의 소리를 가지고 범패를 만든 데서 착안했다고 한다. 풍경에도 물고
기 모양의 금속판이 있는데, 어떤 바람에 팔음률의 범패 가락을 내는
지 궁금하다.

신라시대에 살았던 진감선사는 익산 출신이다. 익산은 들판과 바다가 있어 농부와 어부가 사는 땅이었다. 진감선사의 속가 식구들은 고기를 잡아 파는 생선 장수였다. 출가 전 진감선사도 뱃노래를 부르며 노를 저을 줄 알았고 고기를 잡았던 것 같다. 햇볕에 얼굴이 타 검었던 모양인데, 출가 뒤 스님의 별명이 흑두타黑頭陀였던 것이다.

바닷가 바람을 맞으며 성장한 점은 법정스님과 흡사하다. 법정스님도 해남의 바닷가인 우수영에서 태어나 초등학교를 다녔고, 중학교 이후에는 목포에서 학창 시절을 보냈으니까. 쌍계사의 한 스님이 대요스님을 보고 합장한다.

"무염거사님, 쌍계사 포교국장 스님입니다."
"범용스님입니다."

산에서 내려오는지 등산용 지팡이를 쥐고 있다. 범용스님이 눈앞에 보이는 진감 혜소스님의 탑비에 대한 내력을 설명해준다. 탑비의 글은 고운 최치원이 지었다고 한다. 법정스님도 비문을 보고 공감한 바가 적지 않았을 터이다.

"진감선사의 법호는 혜소, 스님은 금마金馬(익산) 출신으로 신라 혜공왕 10년(774)에 태어나 생선 장사를 하며 빈한한 가정을 돌보다가 부모가 돌아가신 후 '어찌 매달려 있는 박처럼 나이 들도록 지나온

157

진감선사가 섬진강 물고기를 보고 범패를 만들어 불렀다는 팔영루.

자취에만 머물러 있겠는가'라고 생각하고는 도道를 구하러 나섰다. 애장왕 5년(804)에 세공사歲貢使 선단에 노 젓는 노잡이가 되어 당나라로 건너가 마조선사의 선맥을 이은 신감神鑑 선사의 제자가 됐다.

선사는 헌덕왕 2년(810)에 숭산 소림사로 들어가 도의道義선사를 만나 함께 수행하다가 도의선사가 먼저 귀국하자 종남산으로 들어가 3년간 선정을 닦았다. 이후 자각紫閣 네거리로 나와 짚신을 삼아 오가는 사람들에게 3년 동안 보시한 후 귀국했다. 이때가 흥덕왕 5년(830)인데 선사는 상주 장백사長栢寺(남장사)에 머물렀다가 화개곡으로 들어와 쌍계사의 전신인 옥천사를 창건했다."

세공사란 당나라로 가는 견당사遣唐使 중에서 조공하러 가는 사신들을 말하는데, 구법승들은 견당사가 탄 배를 이용했다. 그런데 대부분의 신라 구법승들은 왕자나 고관의 자제들이었으므로 쉽게 배를 얻어 탔지만 진감선사처럼 신분이 일천한 구법승들은 그러지 못했다. 신분이 낮았던 진감선사는 노 젓는 노잡이를 자원하여 천신만고 끝에 중국으로 건너갈 수 있었던 것이다.

비문에는 스님의 인품을 나타내는 구절도 있다. 시자 생활을 하던 중 법정스님이 감동했을 만한 구절이 아닐 수 없다.

"진감선사의 성품은 꾸밈이 없고 말 또한 꾸며 하지 않았으며 옷은

진眞을 지키고 속俗을 거스르며 살았던 진감선사 탑비.

삼베라도 따뜻하게 여겼고, 음식은 겨와 싸라기라도 달게 여겼다. 도토리와 콩이 섞인 밥에 채소 반찬은 항상 두 가지를 넘지 않았다. 중국차를 마시는 사람이 있으면 돌솥에 섶으로 불을 지펴 가루로 만들지 않고 끓이면서 '나는 이것이 무슨 맛인지 알지 못하겠다. 배 속을 적실 뿐이다'라고 했다. 진眞을 지키고 속俗을 거스르는 것이 모두 이러했다."

차를 마시되 맛에 탐닉하여 시비하지 않고, 다만 배 속을 적셨다는 선사의 소박한 성품을 보여주고 있는데, 지나치게 맛에 집착하는 오늘날의 차인들이 새겨들어야 할 내용이 아닐까 싶다.

범용스님이 차를 대접하겠다며 소임자가 사용하는 요사로 안내한다. 요사로 가면서 대웅전 왼쪽에 있는 첨성각을 설명한다.

"요즘에는 보기 힘들어졌지만 예전에는 대웅전 옆에 많았던 전각입니다. 부전스님이나 노전스님이 상주하면서 밤중에 별자리를 보고 시간을 알았다고 해서 첨성각이란 이름이 붙은 것 같습니다."

범용스님이 강원에서 학인들을 가르치는 중강中講 스님 방으로 들어가 차를 부탁한다. 그러자 중강 스님이 발효차를 뜨거운 찻물에 우리어 따른다. 찻잔 속을 물들인 찻물 빛깔이 달빛처럼 곱다. 쌍계사 탑전을 들렀다가 가을 햇볕이 양명한 한낮에 그윽한 달빛을 마시는 느낌이다.

▲▲▲▲

가야산 해인사에서

"그리고 보면 환경이 나빠지면 새들만 떠나는 것이 아니라 수행자도 떠나는 것 같다.

그러한 절은 세속의 때가 묻은 이들의 출입은 분주해질지 모르지만

깨달음의 숲은 적막해지고 만다."

흰 구름 걷히면 청산이라네

나는 지금 원당암으로 오르고 있다. 원당암에 올라야만 해인사 경내를 다 내려다볼 수 있기 때문이다. 원당암으로 가는 다리 이름이 눈길을 끈다. 무생교無生橋다. 무생이란 태어남이 없다는 말이다. 태어남이 없다면 죽음도 없을 것이다. 생사를 얘기하니 거창해진다. 지금이 순간 눈앞의 시간으로 돌아가야 할 것 같다. 번뇌 하나로 간밤에잠을 이루지 못했는지 나를 돌아봐야 한다. 그렇다면 그 번뇌를 놓아버리자. 그 번뇌를 쥐고서 놓지 못하니 전전긍긍하고 있지 않은가.

무생교 밑으로 개울물이 흐른다. 어느 장소도, 어느 시간에도 머물지 않고 흐른다. 장소도 놓아버렸고, 시간도 놓아버린 채 오직 흐를뿐이다. 지금 이 순간 오직 흐를 뿐인데 흐른다는 본질은 상주常住하고 있다. 순간에서 영원이 느껴지는 개울물의 흐름이다.

집착이 없기에 걸림도 없다. 내 삶도 흐르는 개울물처럼 집착이 없었으면 좋으련만!

원당암 가는 산길이 아침에 내린 가랑비에 젖어 촉촉하다. 파랗게 물이 오른 철쭉들은 또록또록 꽃눈을 뜨고 있다. 한겨울을 무사히 넘긴 까마귀 울음소리도 명랑하다. 가파른 산길을 좀 더 올라 뒤돌아보니 해인사가 한눈에 든다. 아침 햇살에 난반사되는 전각과 당우의 지붕들이 해맑다.

50년대 말 스님은 선방인 퇴설당에서 첫 안거를 났다고 한다. 당시 해인사에는 노스님들이 많았던 모양이다. 스님의 은사인 효봉스님이 인정해주던 금봉 노스님, 희랍의 철학자 디오게네스처럼 대낮에 등불을 들고 다니던 응선 노스님, 어린 사미승이나 젊은 신도들에게도 존댓말을 쓰던 지월 노스님 등이 있었던 것이다.

당시 퇴설당 선방에는 현재 원로 시인으로 사랑받고 있는 고은(일초스님), 누구에게나 '송장을 끌고 다니는 이놈이 누구인고' 하고 절절하게 묻던 연산스님, 선방에서 이력이 난 입승 덕현스님 등이 있었는데, 밭에서 상추를 뜯던 법정스님에게도 '송장을 끌고 다니는 이놈이 누구인고' 하고 물어와 난감할 때가 한두 번이 아니었다고 말씀하신 적이 있다.

원당암에서 내려다보이는 비구름 걷히는 해인사 경내.

스님에게만 그런 것이 아니라 밭에서 고소를 뜯는 도반에게도 그랬다고 한다. 스님은 '이것이 화두 공부란 말인가' 하고 갈등을 느꼈을 것이다. 그러나 연산스님의 한결같은 태도는 노스님들에게 칭찬을 받았을 터이다.

스님은 선방의 막연한 분위기를 쉽게 이해하지 못했을 것이다. 선방에서 가부좌를 틀고 하루 종일 앉아 있는 전통적인 공부 방법에 섞이지 못한다. 조는 스님도 있고, 화두를 중얼거리는 스님도 있고, 인내심이 뛰어난 스님은 좌불坐佛인 양 미동도 않았던 바 어찌 이런 곳에서 부처가 나올 것인가 하고 답답해했던 것이다. 스님은 방선放禪 시간이 되면 혼자 포행을 하면서 자신에게 묻곤 했다.

'중국의 선사들은 화두를 들고 삼 일, 오 일, 일주일 만에 깨쳤다고 하는데, 이건 아니잖은가. 10년, 20년 화두를 들고 공부한다는데 이건 아니잖은가. 그런 화두라면 생명력을 잃은 화두가 아닌가.'

갈등과 회의도 망상일 터. 스님은 아침저녁으로 장경각으로 올라가게 된다. 흔들리는 마음을 참회하면서 신심을 다지기 위해서였을 것이다. 참회가 끝나면 바로 퇴설당으로 내려가 좌복 위에 앉았고……분심을 내어 밀어붙이면 망상이 사라지는 법. 가부좌를 한 번 틀면 방선 때까지 흐트러지지 않았다. 몸은 대나무처럼 말라가도 눈에서는 빛이 났다. 동안거가 끝나갈 무렵이었다고 한다. 한 스님이 괴로움을

168

토로했다.

"스님, 도무지 의심이 지어지지 않아요. 내 몸 따로 의심 따로 놀아요. 화두를 들고 있다가도 알음알이知解에 떨어진 나 자신을 발견한다니까요."

"화두 문제는 조실 스님께 여쭤보는 것이 좋겠습니다."

사실 스님 자신도 그 문제로 고민하고 있었기 때문에 조실 스님을 만나 물어볼 것을 권유한다. 스님은 그 도반과 날을 잡아 조실 방으로 들어가 삼배를 올렸다. 금봉 조실 스님 방은 담배 냄새가 지독했다. 대중 스님들이 절에서 담배를 피운다고 비판하지만 스님은 드러내놓고 피웠다. 금봉스님은 성격이 급해 풋내기 스님들에 벼락같은 할을 했다. 호통에 가까운 할이었다.

"뭐하러 왔는가."

"조실 스님, 의심이 뭉치지 않습니다"

"니 화두가 뭔데."

"부모미생전 본래면목父母未生前 本來面目입니다."

'부모미생전 본래면목'이란 부모에게서 낳기 이전 본래의 모습은 무엇인가를 궁구하는 화두였다. 금봉스님이 또 담배를 피워 물며 말했다.

"그거면 됐지 뭐가 문제란 말인가."

"잘 안됩니다."

"간절하게 의심해야지. 의심해보지도 않고 안 된다고 하는 놈이구나."

"의심은 하고 있습니다."

"이놈아, 넌 머리로 헤아리고 있어. 마음이 온통 의심 덩어리가 돼 언어도단까지 가야 한단 말이여."

그래도 스님이 답답하여 물러나지 않자 금봉스님이 소리를 버럭 질렀다.

"본래면목은 그만두고 지금 당장 니 면목은 어떤 것인지 일러라!"

순간 스님은 눈앞이 환해졌다. '니 면목을 일러라', 즉 '너는 누구냐'는 금봉스님의 고함에 등골을 타고 전율이 흘렀다. 나라도 등골이 오싹했을 것 같다. 본래면목은 과거완료형이지만 지금의 면목은 현재진행형인 것이다. 지나가버린 것에 매달리기보다 지금 이 순간을 보라는 금봉스님의 벼락에 어찌 모골이 송연해지지 않겠는가!

그런데 이때 스님에게 번갯불이 일게 한 사건이 하나 더 생긴다. 장경각을 내려오는데 한 아주머니 보살이 팔만대장경이 어디 있냐고 물었다. 그때 스님이 무심코 저 위에 있는 것들이라고 말하자, 보살이

법정스님이 선방 정진 때 아침저녁으로 참회했던 장경각.

'아, 그 빨래판 같은 것' 하고 대꾸했던 것이다. 그 순간 스님은 '팔만 대장경도 모르면 빨래판이 되는구나' 하고 깨달았다. 아무리 자랑하는 세계적인 문화유산이라도 모르면 무용지물인 셈이었다. 이 일로 스님은 무슨 일이 화급한지를 깨닫고 강원으로 가서 공부하게 된다.

강원 학인이 된 스님은 관음전 골방笑笑山房 시절을 글로 남기어 전하고 있다. 원당암 마당에서 보니 관음전 위에 있는 퇴설당은 지붕만 보인다. 지금의 관음전은 크게 중창하여 예전의 모습이 아니다. 그무렵 스님의 별명은 '가야산 억새풀'이었다 억새 이파리처럼 날카로웠던 모양이다. 그렇다고 늘 긴장한 얼굴로 강원 생활을 했던 것 같지는 않다. 스님은 강원 학인 시절에 겪은 얘기를 몇 번 들려준 적이 있는데,『소설 무소유』와 겹치는 부분이지만 실제로 일어난 실화實話이고 스님의 역사이므로 그대로 옮겨본다.

"해인사에 전기가 들어오지 않았으므로 방마다 등잔을 켜던 때였다. 석양 무렵이 되면 학인들은 램프에 묻은 그을음을 닦고 석유를 채우는 것이 일이었다. 절에서도 명절을 쐈다. 설에는 사흘 정도 자유 시간이 주어졌다. 낮에는 가야산을 등산하고, 밤에는 네댓 명씩 모여 윷을 놓거나 성불도成佛圖 놀이를 했다. 스님이 거처하는 관음전 골방에도 마음에 맞는 학인들이 와서 놀다가 갔다.

그 무렵 해인사 주지는 청담스님이었는데, 스님은 종단에서 중책을 맡고 있어서 거의 해인사에 없었다. 말하자면 부재 주지였고, 실제로는 옥천사 주지를 하다가 청담스님 간청으로 불려온 총무 문성스님이 절 살림을 도맡았다. 그런데 하루는 문성스님이 아침 공양 후에 스님을 불렀다.

'스님까지 그럴 줄 몰랐소. 시주가 이 산중에 기름을 올려 보낼 때는 그 등불 아래서 부지런히 정진해서 중생을 교화해달라는 간절한 소원이 있었을 것이오. 그런데 그 시주의 등불 아래서 윷판을 벌이다니 말이 됩니까. 나는 이런 절에서 살기 싫으니 총무 소임을 내놓고 가겠소.'

스님은 즉시 참회했다. 용서해달라고 빌었다. 그래서 강직한 성품의 문성스님은 총무 소임을 그대로 보게 되었다."

이 글 속에 나오는 문성스님을 나는 직접 뵌 적이 있다. 〈현대불교신문〉 창간호에 90세를 넘긴 문성 노스님을 찾아뵙고 인터뷰를 했던 것이다. 너무 오래된 일이어서 무슨 법문을 들었는지 다 잊어버렸지만 그래도 '말세에는 진승眞僧은 하산하고 가승假僧은 입산한다'라는 법문 한 구절은 아직도 잊히지 않는다. 세상이 어지러워지면 진실한 구도자들이 저잣거리로 내려오고, 올바르지 못한 수행자들이 산중으로 간다는 얘기다. 지금 생각해보니 진묵대사의 법어를 스님께서 인용해 말씀했던 것 같다.

강원 시절 스님의 나이는 20대 후반이었다. 출가한 수행자라고는 하지만 풋풋한 젊은이로서 낭만까지 버리고 살 수는 없었을 것이다. 호기심 많은 스님은 방학을 이용하여 대구로 나가 새로운 물건들이 넘쳐나는 양키 시장이나 고전음악 감상실을 찾았다.

해인사에서 대구까지 외출한다는 것은 대단히 극성스러운 일이었다. 차비와 용돈도 넉넉지 못했으려니와 버스로 대구를 가는데 비포장도로만 4시간 반 동안 달려야 했다. 한번 외출하려면 버스 타는 시간만 왕복 9시간이나 걸렸던 것이다. 그래도 스님은 양키 시장을 들러서 외국에서 들어온 신기한 물건들을 구경했다. 한번은 여성이 사용하는 브라자를 보고서 머리에 쓰는 두건인 줄 알고 실수할 뻔했던 일도 있었다.

고전음악 감상실은 대구 역전에 있었다. 거기 가면 스님은 꼭 라흐마니노프의 피아노협주곡 2번이나 출가 전 대학 시절에 들었던 클래식 음악을 감상한 뒤 아쉬움을 달래며 해인사로 돌아왔다.

그렇다고 스님이 클래식 음악만을 좋아하신 것은 아니었다. 훗날 스님은 불일암 시절에 빨래를 하고 나서 기분이 좋아지시면 서정주 시인의 시를 노랫말로 한 송창식의 노래를 부르기도 했다.

눈이 부시게 푸르른 날은

그리운 사람을 그리워하자

그런가 하면 정태춘의 노래를 휘파람으로 부르시기도 했다. 사람들이 아는 것처럼 바흐 음악만 좋아하신 것은 아니었다.

강원을 졸업한 스님은 뜻이 맞는 네댓 명의 학인 스님들과 불국사석굴암을 순례한 일도 있었다. 스님은 이때의 일을 글로 남기지 않았지만 당시 석굴암에 함께 갔던, 현재 여수 흥국사에 계시는 명선 노스님이 사진을 가지고 있어서 알려졌다.

스님 방 책꽂이에는 월간지 〈사상계〉나 〈현대문학〉이 늘 꽂혀 있었다. 스님의 왕성한 독서 욕구는 강원에서 공부했던 경전뿐만 아니라 사상지나 문예지 등등 가리지 않았다. 시자 생활 때까지는 일절 책을 멀리했지만 해인사 시절에는 지적 허기가 한꺼번에 몰려왔던 것이다. 함석헌 선생과 인연을 맺은 일도 이때였다. 함석헌 선생이 해인사의 한 암자에 내려와 머물며 무슨 책인가를 집필하고 있었던 것이다. 함석헌 선생은 해인사 대중의 요청으로 종교와 한국사 등을 강연했는데, 해인사 대중 중에서 가장 감동을 받은 사람이 바로 스님이었다.

스님은 통도사로 가 운허스님 주도로 『불교사전』을 편찬하는 일에 간여하기도 했다. 강원 시절 내내 눈여겨보았던 명봉 강주 스님의 추천이 있었던 것이다. 스님은 다시 해인사로 돌아와 선방인 퇴설당에서 한두 철 정진한 뒤『선가귀감』을 번역하기 시작했다. 스님의 천재적인 안목으로 문재文才를 발휘한 최초의 일이었다. 50여 년이 흐른 지금도 어느 중견 스님은 다음과 같이 평하고 있는 것이다.

"그의 해박한 선적禪的 지식과 선의 깊이가 얼마나 넓고 광활한지 전율을 느꼈다. 첫 번역이 1962년도였으니까 그는 50년 전에 이미 선의 진수를 깨닫고 있었고, 존재의 실상을 보는 안목과 존재의 핵심에 도달해 있었다."

이미 30세에 선의 진수를 깨닫고 존재의 핵심에 도달한 안목을 지녔다는 평가다. 놀라운 일이 아닌가. 당시 스님의 깊은 안목은 서울에 거주하는 불교학자들도 인정하여 스님의 관음전 골방을 출입하기에 이른다.

나는 이러한 사실을 일타스님 일대기인『인연』을 집필하면서 알았다. 일타스님의 상좌인 충주 석종사 혜국스님을 만나 다음과 같은 얘기를 들었던 것이다.

"당시 법정스님은 우리 스님과 같이 해인사 관음전에 계셨던 것 같습니다. 우리 스님 말씀으로는 법정스님 바로 옆방에는 불교학자와 스님들이 번역한 원고가 산더미처럼 쌓여 있었는데, 서울에서 내려온 교수와 학자들이 날마다 모여 번역한 원고를 점검하곤 했던 것 같습니다. 우리 스님도 율장에 대한 원문을 5백 매가량 번역하여 넘겼다고 합니다. 그런데 여러 스님들이 번역한 원고는 양보다는 질이 문제였던 것 같습니다. 하루는 우리 스님께서 저녁 공양을 하시고 나서 차를 한잔 마시러 법정스님 방을 갔다고 합니다. 문 앞에 이르니 방 안에 모인 사람들의 소리가 들렸다고 그래요. 번역 원고의 수준을 가지고 1급이니 2급이니 5급이니 하고 논하고 있었는데, 우리 스님의 원고를 놓고 어린 나이와 대학을 졸업하지 못한 이력을 따지고 있더랍니다. 그래서 우리 스님은 글 쓰는 일을 접고 수행으로 돌아왔다고 그래요."

혜국스님의 말을 길게 인용한 것은 당시 스님의 활동을 생생하게 소개하기 위해서다. 스님은 일타스님과 연배가 엇비슷한데 당시 벌써 권상로 박사 같은 대학자의 원고를 심사하는 수준에 있었던 모양이다.

나의 30대는 무엇이었는지 돌아보니 부끄럽다. 대학 시절 신춘문예에 투고하였다가 졸업하던 해까지 번번이 최종선에서 낙선하자 다시는 소설을 쓰지 않겠다고 작심한 뒤 어느 여고의 국어교사로 가버렸던 것이다. 그러나 '문학병'이 다시 도져 교사직을 1년 반 만에 그만두고 몇 개월 동안 소설 한 편을 써서 겨우 문단 말석에 이름을 올리게 되었는데, 스님은 그때 벌써 서산대사의 명저 『선가귀감』을 선적 지식을 바탕 삼아 유려한 문장으로 번역하였다니 놀랍기만 하다.

가야산 산봉우리들이 비구름에 가려 있다. 비구름이 해인사 경내까

법정스님이 강원 학인 시절에 머물렀던 관음전.

지 내려올 것 같지는 않다. 바람이 불고 새들이 높이 나는 것으로 보아 걷혀가는 비구름이다. 문득 『선종고련』에 나오는 옛 선시 한 수가 떠오른다.

옳거니 그르거니 내 몰라라
산이든 물이든 그대로 두라
하필이면 서쪽에만 극락이랴
흰 구름 걷히면 청산인 것을

번역한 분은 '가야산 억새풀'이다. 이 선시 속에 『선가귀감』의 정신이 오롯이 배어 있지 않나 싶다.

펜대를 바로 세운 이는 법정스님뿐이다

원당암 염화실로 들어가 전 조계종 종정이자 해인사 방장이었던 혜암스님을 은사로 모셨던 원각스님을 뵙고 차를 마신다. 차향이 염화실에 퍼진다. 사람들은 차향과 차 맛이 무정無情의 설법인 줄 모른다. 한 잔의 차에 온몸을 적셔보면 안다. 모든 잡념이 사라지고 마음이 텅 비게 된다는 것을. 그 텅 빈 곳에 맑고 향기로운 차향이 충만해진다는 것을. 이를 옛 선사들은 '텅 빈 충만'이라 했을 것이다.

원각스님은 내가 혜암스님의 일대기인 장편소설 『인연』을 쓰는 동안 여러 번 봬 낯익은 스님이다. 하심下心이 몸에 밴 선승이시다. 스님이 우린 차를 서너 잔 마신 뒤, 스님의 배려로 점심 공양을 하러 공양간으로 발걸음을 옮긴다. 원당암 공양은 예나 지금이나 단순 소박하다. 공양하는 동안 평생 하루 한 끼만 드신 혜암스님이 떠올라 숟가락을 조심스럽게 들었다 놓는다.

입적하신 혜암스님은 당신의 가풍을 묻자, '밥을 적게 먹는 것이다'라고 말씀했다. 나는 그 법문을 듣고 참으로 감동한 바 있다. 큰스님께서는 밥을 적게 먹는 것이 공부의 첫걸음이라고 했던 것이다. 밥을 적게 먹으면 힘이 생기지 않아 헛되이 돌아다니지 않게 되고, 색심色心이 동하지 않아 공부하는 데 큰 장애가 사라진다는 것이었다.

해인사 경내로 들어가면서 일부러 샛길로 가지 않고 일주문을 지나 합장한다. 해인사 부처님들께 인사드리는 것이다. 전각의 문들이 활짝 열려 있다. 해인사 부처님들이 어서 오라고 응답하는 것 같다. 해인사처럼 큰 절에는 전각과 탑 등등 절해야 될 대상이 많다. '절은 절하는 곳이다'라는 말을 실감나게 한다. 나는 해인사 당우들 중에서 나에게 많은 추억을 안겨준 퇴설당으로 먼저 가본다.

지금의 퇴설당은 조계종 종정이자 해인사 방장인 법전스님이 머무는 요사다. 1950년대에는 구참 스님(중견 스님)들의 선방이었는데 현재는 용도가 바뀐 것이다. 정문도 옆문도 다 굳게 닫혀 있다. 법전스님이 안 계신 것 같다. 늘 눈을 반개하고 미소 짓는 스님을 몇 번 뵌 적이 있기 때문에 퇴설당의 모습이 낯설지 않다. 올 때마다 받는 느낌이지만 뜰은 고요하면서도 무언가 충만해 있다. 퇴설당 꽃나무들도 수행자와 같이 시절인연을 기다리는 모습이다.

강원을 졸업한 스님은 통도사 금강계단에서 구족계를 준 자운스님

이 해인사 주지가 되면서 더욱 편하게 머물 수 있게 된다. 자운스님은 스님에게 관음전의 좁은 방에서 사운당의 큰방을 사용할 수 있도록 배려해주었던 것이다.

어느새 스님의 글솜씨가 서울의 신문사, 잡지사까지 알려지면서 기자들이 칼럼 형식의 짧은 글을 청탁해왔다. 세상 사람들과 글로 소통하고 싶었던 스님은 안거 기간이 아닌 산철이 되면 거절하지 않고 기고했다. 왕성한 독서 욕구를 창작 에너지로 발산시켰다. 감성과 비판의식과 부드러운 문장은 스님의 개성이 되었다. 스님은 절집의 문제점을 예리한 시각으로 비판했다.

그런데 세상 사람들의 호응과 달리 절집 안에서는 반발이 컸다. '굴신운동屈身運動'이란 제목의 글을 본 성철 방장 스님을 추종하는 대중 스님들이 '불전삼천배佛前三千拜'를 모독했다고 항의했다. 스님은 기고한 글을 다시 정독해보았지만 왜 성철스님을 따르는 스님들이 분개했는지 이해할 수 없었다.

"참회는 우리들 인간의 내면 생활 가운데서도 가장 승화된 정신적인 현상이다. 자신의 현재와 지나온 자취를 되돌아보고 뉘우쳐 다시는 허물을 짓지 않겠다고 다짐하는 일은 막힌 인간의 통로를 열어주는 재생再生의 문이다.

노승이 지팡이를 짚고 포행하는 가야산 해인사 일주문.

법정스님이 해인사에서 첫 안거를 났던 선방(퇴설당).

아무리 몹쓸 죄인일지라도 그가 참회의 눈물을 흘릴 때, 그에겐 차마 돌을 던질 수 없다. 이제 새로 움트려는 어린 싹을 보고 누가 감히 짓밟을 수 있을 것인가. 그러므로 참회의 속성에는 어린이의 순수가 있어야 한다. 자신의 허물을 표백하지 않고는 견딜 수 없는 저 연둣빛 발아發芽 같은 순수가 있어야 한다.

근래 몇몇 사원에서 종풍宗風처럼 떨치고 있는 참회의 열의를 볼 때마다 흐뭇함을 느끼는 한편, 참회의 본뜻을 생각할 때 의구심 같은 것이 없지도 않다. 참회라고 하면 절禮拜을 연상하리만큼 예배와 참회가 동일시되고 있는 경향인데, 예배는 참회하는 방법 중의 하나이지 그것이 곧 참회의 전부는 아니다.

흔히 불전佛前에서 몇 자리의 절을 했다고 해서 무슨 기록의 보지자保持者처럼 으스대는 걸 본다. 어느 스님한테 가서 며칠 동안 몇만 배拜를 하고 왔다느니 절을 하고 나니 얼굴이 예뻐지고 재수가 좋아지고 무슨 병이 낫고 어쩌고저쩌고 이런 사람들은 진정한 의미에서 참회한 사람이 아니다. 참회인은 겸허하고 순수해야 한다. 그런데 전에 없던 상相이라는 루주를 입술에 바른 것이다.

그런 사람들의 절하는 동작 또한 가관이다. 몇 시간 동안 몇천 배를 채우겠다는 기록 의식에서인지, 아니면 최면 상태에서 그런지는 몰라도 숨 가쁘게 굴신운동을 하고 있는 것이다. 하필이면 부처님 앞에서

185

그토록 경박스런 동작으로 굴신한단 말인가.

예배란, 더구나 참회의 예배란 간절한 마음에서 우러나는 것이므로 어디까지나 그 동작이 공손하고 진중해야 한다. 그리고 예배의 의미는 널리 모든 중생을 공경하는 데에 있는 것이지 어떤 특정한 공간이나 시간에만 한정되는 것은 아니다.

이른 아침 누가 시키지 않아도 몸소 묵묵히 한길을 쓸고 있는 이웃들의 모습에서 차라리 우리는 '참회인의 상像'을 보게 된다.

그는 기록 의식도 최면에도 걸림이 없이 만인이 다니는 길을 무심히 무심히 쓸고 있을 뿐이다."

해인사 대중 스님 몇몇이 스님이 기거하는 방으로 몰려와 소란을 피웠다. 스님이 아끼던 다로茶爐와 와당瓦當을 걷어찼다. 곡괭이로 방구들을 파버리겠다고 흥분했다. 스님은 남을 이해하기도 어렵지만 남에게 자신을 이해시킨다는 것이 얼마나 어려운 일인가를 절감했다.

인자한 자운스님이 나서서 흥분한 스님들을 말렸다. 그러면서 스님에게는 성철 방장 스님을 찾아가 참회하라며 설득했다.

"법정수좌, 스님들이 앞뒤 자르고 그러는 것이니 너무 섭섭하게 생각하지 말아요. 방장 스님은 법정수좌를 좋아하거든. 그러니 백련암으로 올라가 설명하는 게 어떨까."

자운스님의 얘기는 사실이었다. 훗날 성철스님은 법정에게 "펜대를 바로 세우고 글을 쓰는 사람은 법정뿐이다"라고 인정한 바 있다.

뿐만 아니라 스님의 상당법어집 『본지풍광』이 발간되기 전에 문장들을 감수하도록 했다. 스님에게 "법정스님도 변했네. 나이롱 장삼을 입고 있는 것을 보니까" 하고 당신이 입었던 깔깔하게 풀 먹인 삼베 장삼을 한 벌 내주시기도 했던 것이다.

나 역시 스님이 봉변당한 사운당을 오래 서 있지 못하고 나와버린다. 방문에 매달린 자물쇠들이 어쩐지 생경하다. 절집의 무소유와는 어울리지 않는다. 앞 건물을 봐도 눈 둘 데가 없다. 문득, 앞 건물인 우화당이 어설프게 중창되어 사운당이 답답해졌다는 스님의 말씀이 떠오른다. 우화당이 크게 중창되는 순간 '이곳을 떠날 때가 됐구나!' 하고 직감했다는 스님 얘기를 언젠가 들었던 것이다. 그리고 보면 환경이 나빠지면 새들만 떠나는 것이 아니라 수행자도 떠나는 것 같다. 그러한 절은 세속의 때가 묻은 이들의 출입은 분주해질지 모르지만 깨달음의 숲은 적막해지고 만다.

대적광전으로 올라가 비로자나부처님 앞에서 삼배를 한다. 성철스

187

대적광전에서 바라본 맞은편의 구광루와 탑 왼편의 관음전.

님이 진한 산청 사투리로 상당법어를 하시고 백일법문을 하셨던 곳이다. 나는 직접 성철스님의 백일법문을 듣지 못하고 집에서 새벽마다 백일법문 테이프를 들었는데, 어둑한 방 안에 해가 한 개씩 떠서 밝아지는 느낌을 받았던 기억이 새롭다. 어쩌면 방 안이 밝아진 것이 아니라 내 마음이 밝아졌는지도 모른다. 마음공부란 '캄캄한 방에 불을 켜는 것이다'라는 법어가 있듯 아마도 내 마음이 밝아졌던 모양이다.

▲▲▲▲

봉은사 다래헌에서

"스님은 이때 타고난 문학적 재능을 드러내시기도 했다.

시와 수필을 쓰시어 문예지나 신문에 기고했던 것이다.

아마도 스님께서 글을 쓰셨던 까닭은 순수한 심성을 회복하고자 하는

자기 정화를 위한 방편이 아니었을까 싶다."

누구나 빈손으로 왔다가 빈손으로 돌아간다

봉은사 주변도 너무 많이 변해 있다. 크고 작은 빌딩들이 봉은사를 둘러싸고 있다. 무표정한 성형 미인을 보는 느낌이다. 스님이 봉은사에 처음 와 걸망을 푸셨던 1969년의 풍경은 온데간데없다. 봉은사 안팎도 시간이 광속光速으로 흘러가버린 듯하다. 스님이 글에 남긴 풍경은 이제는 전생의 아득한 풍경이라 하지 않을 수 없다. 뚝섬나루에서 경운기 엔진을 달고 움직이는 너벅배를 타고 한강을 건너서 절 일주문을 들어섰다고 하시지만 나는 땅속을 달리는 지하철 2호선을 타고 나와 봉은사를 찾느라 두리번거리고 있는 것이다.

사람들 틈에 끼어서 나도 모르게 걸음이 빨라진다. 그런데 일주문 안에 들어서도 느릿느릿 걸어지지가 않는다. 도심 거리의 속도가 절 안까지 뻗어 있는 것 같다. 새로 불사한 전각과 당우들은 세월이 더 흐르고 비바람의 손길이 닿아야 자연스러워질 듯하다. 법정스님이 머

193

물렀던 다래헌도 스님이 계실 때의 모습이 아니다. 보우대사의 진영을 모신 영각影閣이나 편액이 추사 글씨라는 판전板殿 같은 묵은 전각은 그래도 자연 미인 같아 눈 붙일 만하다.

스님이 다래헌에 머문 시기는 37세(1969)부터 43세(1975) 여름까지였다. 스님은 다래헌 시절에 함석헌 선생 등과 함께 반독재 운동을 하셨다. 스님 말씀대로 표현하자면 본업은 수행자인데 눈앞에 불이 타고 있어 불가피하게 소방수 역할을 했던 것이다.

또한, 스님은 이때 타고난 문학적 재능을 드러내시기도 했다. 시와 수필을 쓰시어 문예지나 신문에 기고했던 것이다. 아마도 스님께서 글을 쓰셨던 까닭은 순수한 심성을 회복하고자 하는 자기 정화를 위한 방편이 아니었을까 싶다. 아무리 반독재 운동의 방향이 옳다 하더라도 반대편의 누군가를 증오한다는 것은 수행자의 마음이 아니라고 깨달았던 것이다. 스님은 다래헌에 걸망을 푼 첫해 가을에 시를 한 편 〈대한불교신문〉에 발표한다.

연일 아침 안개
하오의 숲에서는 마른 바람 소리

눈부신 하늘을
동화책으로 가리다

과천에 살던 추사 김정희가 봉은사에 들러 쓴 편액 글씨 판전板殿.

덩굴에서 꽃씨가 튀긴다

비틀거리는 해바라기
물든 잎에 취했는가
쥐가 쓸다 만 맥고모처럼
고개를 들지 못한다

법당 쪽에서 은은한 요령 소리
맑은 날에
낙엽이 또 한 잎 지고 있다

나무들은 내려다보리라
허공에 팔던 시선으로
엷어진 제 그림자를

창호에 번지는 찬 그늘
백자 과반에서 가을이 익는다

화선지를 펼쳐
전각에 인주를 묻히다
이슬이 내린 청결한 뜰
마른 바람 소리

아침 안개

　스님은 서정시를 바탕으로 하는 생명파와 청록파의 시를 좋아하셨
던 것 같다. 실제로 스님은 다래헌 방 벽에 생명파의 시인인 유치환의
「심산深山」을 붙여놓았을 정도였다. 마지막 연의 "화선지를 펼쳐 전
각에 인주를 묻히다"라는 구절은 이때부터 다관과 찻잔을 소재로 한
다화茶畵를 그리기 시작했다는 방증도 된다. 다래헌 시절에 스님께
서 그린 다화 중 유일하게 남아 있는 것이 손병철 박사가 소장하고 있
는 작품이다. 손 박사의 다화에는 다음과 같은 글과 그림이 보인다.

　　다경 茶經에 이르기를
　　차는 바위틈에서
　　자란 것이 으뜸이요
　　자갈 섞인
　　흙에서
　　자란 것이
　　그다음이라 하더라

　『다경』의 한 문장 끝에 '을묘 여름 다래헌'이라고 쓰여 있는 다화인
데, 을묘년乙卯年은 1975년이니 스님이 조계산 불일암으로 내려가기
바로 직전, 인혁당 사건으로 한 무리의 젊은이들이 죄 없이 죽어가는
것을 보고 몹시 괴로워하던 여름이었던 것 같다. 다래헌 시절 내내 거

197

칠어지는 마음을 글과 차로 다스렸을 것으로 짐작되는 흔적들임에 분명하다.

스님은 수필 「무소유」를 1971년도 〈현대문학〉 3월호에 발표하여 전문적으로 글을 쓰는 문인들을 깜짝 놀라게 했다. 〈현대문학〉의 일반 독자들에게도 반응은 뜨거웠다. 다 아는 내용이지만 수필 「무소유」는 간디 어록을 인용하며 시작하는 철학적이고 감성적인 수필이다. 어느 스님이 선물한 난초 화분을 소재 삼아서 소유했을 때와 무소유했을 때를 비교하며 집착과 소유의 어리석음을 사유하는 글이다. 스님은 수필 「무소유」 속에 다음과 같이 당신의 생각을 담아놓고 있다.

"사실 이 세상에 처음 태어날 때 나는 아무것도 갖고 오지 않았다. 살 만큼 살다가 이 지상의 적籍에서 사라져갈 때에도 빈손으로 갈 것이다. 그런데 살다 보니 이것저것 내 몫이 생기게 된 것이다. 물론 일상에 소용되는 물건들이라고 할 수도 있다. 그러나 없어서는 안 될 정도로 꼭 요긴한 것들만일까? 살펴볼수록 없어도 좋을 만한 것들이 적지 않다.

우리들이 필요에 의해서 물건을 갖게 되지만, 때로는 그 물건 때문에 적잖이 마음이 쓰이게 된다. 그러니까 무엇인가를 갖는다는 것은 다른 한편 무언가에 얽매인다는 것이다. 필요에 따라 가졌던 것이 도리어 우리를 부자유하게 얽어맨다고 할 때 주객이 전도되어 우리는

문정왕후의 도움을 받아 조선 불교를 중흥시켰던 보우대사의 영정이 봉안된 영각.

가짐을 당하게 된다는 말이다. 그러므로 많이 갖고 있다는 것은 흔히 자랑거리로 되어 있지만, 그만큼 많이 얽히어 있다는 측면도 동시에 지니고 있는 것이다."

수필 「무소유」는 1971년도 3월에 월간 문예지 〈현대문학〉에 발표됐고, 스님의 여러 수필들과 함께 책으로 발간된 것은 스님이 불일암으로 내려가셨던 1976년도의 일이다. 시기를 다시 한번 더 분명히 해두는 까닭은 많은 사람들이 자꾸 스님이 불일암에서 수필 「무소유」를 집필했다고 오해하고 있기 때문이다.

수필 「무소유」를 읽고 감동한 대학생이 다래헌으로 스님을 찾아오기도 했다. 당시 다래헌은 나무 울타리로 둘러쳐져 있었고, 대문은 사립문이었다. 대학생은 사립문이 안에서 잠겨 있자, 낮은 울타리를 넘어 들어왔다. 마침 울타리를 넘어온 대학생을 발견한 스님이 크게 나무랐다.

"문이 있는데 왜 울타리를 넘어오는가. 도둑과 다르지 않군."
"스님, 저는 도둑이 아닙니다."
"하는 짓이 도둑과 같지 않은가."

그때 한 스님이 나와 대학생을 나무랐다.

법정스님이 젊은 시절 수필 「무소유」를 집필하여 감동을 주었던 봉은사 다래헌.

"학생이 잘못했으니 스님께 빌어요."

"법정스님을 뵈러 왔는데 이 스님이 막지 않습니까."

"법정스님을 어떻게 아는데."

"뵌 적은 없지만 이 스님이 막지 않습니까."

"이 스님이 바로 법정스님이네."

스님은 동화책도 아주 좋아했다. 어느 해 추석날에는 서점으로 나가서 동화책을 한 아름 사 가지고 돌아와 하루 종일 읽었다. 그러다 보면 '흐려진 눈망울이 맑아지고 갈라진 목소리가 트이는 것 같다'라고 하셨다. 실제로 스님은 시와 수필뿐만 아니라 동화를 발표하시기도 했다.

내가 알기로는 스님께서 40세 안팎에 동화 한 편을 쓰시어 여러 작가들과 함께 책을 발간한 적이 있는데, 아쉽게도 나는 지금까지 그 동화를 찾지 못하고 있다. 『어린 왕자』 같은 철학동화로 짐작되지만 스님께 직접 여쭤보지 못한 것이 두고두고 후회스럽다. 그러나 스님의 동화는 이미 절판된 그 책 속에 생명력을 잃지 않고 숨겨진 보석처럼 반짝이고 있지 않을까 싶다.

새로 중창한 다래헌은 주지 스님이 거처하는 처소 같다. 낯익은 주지 스님이 인사를 나눌 틈도 없이 바빠 종무소로 가고 있다. 스님의 뒷모습을 보니 문득 '봉은사 땅 밟기'를 한 일부 몰지각한 광신도들이 떠오른다. 법당과 경내에서 기도하고 노래 부르면 언젠가는 봉은사가 교회로 바뀐다고 믿는 것일까. 이성과 예의를 잃어버린 맹신盲信이 아닐 수 없다. 상생과 자비가 강물처럼 넘치게 하는 것이 종교인데, 그 반대로 믿음을 무기 삼아 독식과 편 가르기만을 추구한다면 나는 돌연변이 종인 그와 같은 집단을 무엇이라 부를지 21세기의 단어로는 도무지 찾지 못하겠다.

▲▲▲

강원도 오두막 수류산방에서

"스님께서도 당신 나이 드실 줄 모르고 풋풋한 젊은 수행자 시절의 추억에

사로잡혀 있었던 것은 아닌지 궁금했다. 스님을 그린 초상화도 내가 간직하고 있다.

그러니 스님이 내 곁에 계신 것이나 다름없다고나 할까."

웬 중인고, 내가 많이 늙어버렸네!

나는 오대산 쓰데기골을 가지 않고 이 글을 쓰고 있다. 스님이 1992
년에 불일암 생활을 접고 강원도 오두막으로 거처를 막 옮기셨을 때
나는 스님으로부터 이런 당부를 들은 적이 있다. 스님의 건강이 걱정
스러워 휴대폰을 하나 사드리겠다고 제안하자 스님께서는 이렇게 말
씀했던 것이다.

"휴대폰이 있으면 강원도 오두막에 있는 것이나 서울에 있는 것이
나 다름없어요. 그리고 찾아오지 마시오. 그곳이 밝혀진다면 더 깊은
산골로 들어갈 것이오."

월간 〈샘터〉지에 내게 하신 말씀을 글로 선언하시기까지 했다. 그
뒤 몇 년이 흐르자 누군가가 다녀왔다는 소식이 들렸다. 다시 10여 년
뒤 스님께서 병이 깊어졌을 때는 상좌 스님과 한의사가 자주 드나든

다는 소식과 직접 다녀온 지인이 스님의 안부를 전해주었다. 그러나 나는 우직하게 오대산 쓰레기골로 갈 마음을 내지 않았다. 해인사 장경각 법보전의 주련을 떠올릴 뿐이었다.

부처님 계신 곳 어디인가
지금 그대가 서 있는 그 자리!

圓覺道場何處 現今生死卽是

실제로 스님은 자주 만나는 사람보다 멀리 떨어져 있지만 자기 세계를 일구며 스스로의 질서를 흩트리지 않고 사는 사람을 더 신뢰했다. 스님은 당신의 글이나 그림자를 좇는 것보다 당신을 극복하라는 말씀도, 임제선사의 '부처도 죽이고 조사도 죽이라殺佛殺祖'는 법어를 예로 들며 가끔 하셨다. 자기만의 개성을 꽃피울 것과 누구도 닮지 않는 자주성自主性을 강조하셨던 것이다. 해인사 장경각 법보전의 주련을 스님의 재가 제자로서 내 식대로 바꾸어보자면 이렇다.

법정스님 계신 곳 어디인가
지금 그대가 서 있는 그 자리!

최근에 〈강원일보〉에서 본 기사가 자꾸 떠오른다. 무슨 인연인지 스님께서 사셨던 오대산 쓰레기골 오두막을 취재한 기사를 보았던 것

법정스님이 입적하시기 전까지 살았던 강원도 오두막(수류산방).

이다. 복사해둔 기사 중에서 새로운 사실을 알게 해준 일부 기사만 옮겨본다.

"스님의 거처 앞 철문에는 무단 침입과 촬영을 경고하는 경고판이 세워져 있고 문 위에는 외부인의 출입을 감시하기 위한 무인 카메라가 설치돼 있었다. 일부 방문객이 닫힌 철문을 타 넘어 오두막 안을 살펴보는 등 몰지각한 행동을 해 지난해 오두막 주인이 설치해놓은 것이다."

기사를 볼 때 오두막은 원래 주인이 따로 있는데 스님께서 잠시 빌려 사셨던 것 같다. 주인이 스님께서 가시고 난 뒤 관리인을 두고 철문과 무인 카메라를 설치할 정도라면 시골 농부는 아닌 것 같다. 개인의 사생활 침해를 민감하게 반응하는 도시인으로 보이는데 어디까지나 사유재산이므로 그럴 수도 있다고 본다. 그러니 스님께서 17년 동안 머물렀던 성지라는 개념으로 찾아가는 순례자와 사생활 보호를 내세우는 주인 간에 갈등도 있겠구나 싶다.

나는 지인들에게 방문하지 말 것을 권유하는 편이다. 주인이 싫다는데 불청객으로 찾아가 기웃거리는 것도 볼썽사나운 일인 것이다. 군이 쓰데기골 오두막을 보고 싶다면 불일암으로 가라고 설득하고 싶다. 사실 수행자로서 법정스님의 원숙기는 불일암 시절이라고 다들 평가하고 있다. 쓰데기골 오두막은 원래 주인이 지은 집이지만, 불일암 위채나 아래채, 돌계단이나 채마밭, 우물, 후박나무와 태산목 등은 스님의 손길이 닿아 스님의 체온이 아직도 남아 있는 유산들인 것이다. 그래서 나는 누군가가 '법정스님은 어떤 분인가'라고 묻자 '법정스님은 불일암이다'라고 대답한 적도 있다.

나는 오두막인 수류산방을 가보지는 않았지만 현장스님에게 여러 번 이야기를 들어 어떤 풍경인지는 대충 짐작하고 있다. 또한 송영방 화백님이 상상력으로「법정대선사 은거도法頂大禪師 隱居圖」를 그려 와 스님께 보여드렸을 때 스님이 놀랐던 일도 기억하고 있다.

"어! 똑같네. 양철지붕 오두막 오른쪽으로 개울물이 흐르는데 어찌 알았습니까."

「법정대선사 은거도」는 내가 간직한 정복淨福을 누리고 있다. 나는 송 화백님의 그림만 보고도 늘 오두막에 다녀온 것이나 다름없다고 생각한다. 어쩌면 실재하는 쪼데기골 오두막보다 노화백의 절절한 마음이 밴 심상心象의 그림이 더 많은 것을 보여주고 있는지도 모른다. 스님께서 길상사 행지실에 앉아 송 화백님의 그림을 보고서 미소를 지으시던 모습이 생생하다.

송 화백님의 그림에 얽힌 또 하나. 송 화백님이 스님의 얼굴을 한 장 그려 보여드렸는데 스님께서 놀라시던 표정이 잊히지 않는다.

법정스님이 계곡물이 어는 겨울을 대비해서 지은 흙방(일월암).

"이게 누구여. 웬 늙은 중인고. 내가 많이 늙어버렸네."

스님께서도 당신 나이 드실 줄 모르고 풋풋한 젊은 수행자 시절의 추억에 사로잡혀 있었던 것은 아닌지 궁금했다. 스님을 그린 초상화도 내가 간직하고 있다. 그러니 스님이 내 곁에 계신 것이나 다름없다고나 할까.

나는 올해도 해바라기 씨앗을 산방 주위에 군데군데 심을 생각이다. 쓰레기골 오두막 뜰에서 자라던 해바라기 씨앗으로 스님께서 내 산방에 심으라고 주셨다. 해바라기 고향은 네덜란드다. 스님께서 파리 길상사를 가셨을 때 네덜란드 암스테르담까지 올라가 고흐 미술관 매점에서 사온 해바라기 씨앗이라고 말씀하셨다. 유난히 달을 좋아하셨던 스님께서 태양의 화가인 고흐가 즐겨 그렸던 해바라기 씨앗을 구해와 쓰레기골 오두막 뜰에 뿌린 것은 무척 이채로운 일이 아닐 수 없다.

스님은 개울물이 두껍게 얼기 전에 오두막에서 내려와 옹달샘이 있는 터에 흙집을 지어 일월암이라는 편액을 달았다. 스님은 병을 치료하기 위해 오는 한의사나 약 시봉을 하는 상좌 스님을 일월암에서 맞이했다.

현재 오두막 수류산방이나 일월암에는 스님과 관련된 유품은 단 한 점도 없다고 한다. 스님의 유품 중에서 보고 싶은 것이 하나 있다. 그

일월암 편액 글씨 중에 암庵자는 복잡한 획 때문인지 집 모양이다.

것이 지금은 어디에 보관되고 있는지 궁금하다. 미국에 사는 여동생의 딸이 열두 살 때 그린 불일암의 '빠삐용 의자'다. 스님께서 보시자마자 감탄하셨던 그림이다.

"허허. 열두 살 아이가 그렸다는 말이군."

나는 빠삐용 의자 그림이 사람들에게 공개되기를 바라고 있다. 아이가 무려 6개월이나 매달려 그리는 동안 붓을 쥔 손가락에 습진이 생겨 병원 치료를 받았다고 한다. 지금은 고등학교 2학년이 된 학생이지만, 어린아이의 천진한 정성을 생각해서라도 여러 사람들이 감상했으면 좋겠다.

송 화백님의 「법정대선사 은거도」는 언제 보아도 꽃 피고 물이 흐른다. 가만히 보고 있자니 내 마음에도 은거도의 풍경과 같이 꽃 피고 물이 흐르는 것 같다. 추사 김정희는 한 잔도 아닌 반 잔의 차향과 맛으로도 마음속에서 수류화개 水流花開를 경험했다지만 오늘 나는 그림 한 점으로 미묘한 기쁨을 누리고 있다. 순간적이나마 내 마음이 선경 仙境이고 극락이다. 오늘은 그림 한 점이 내게 법문을 한다.

▲▲▲▲

길상사에서

"스님! 가시는 발걸음 부디 가벼우소서. 『화엄경』의 선재동자도 만나시고,

어린 왕자가 사는 별나라에 가시어 원顯을 이루소서.

한반도에 다시 오시어 못다 한 일들 이루소서."

나쁜 말 하지 말고, 나쁜 것 보지 말고,
나쁜 말 듣지 말라

스님이 안 계신 탓인지 길상사 산문이 낯설어 보인다. 산문 지붕에
는 눈이 무겁게 얹혀 있다. 도심 사찰이지만 오가는 사람이 보이지 않
는다. 산중의 절처럼 인적이 곧 끊어질 듯하다. 쌓인 눈의 두께가 침
묵의 부피 같은 느낌이다. 나뭇가지에 얹힌 눈들을 설화雪花라고 부
르던가. 저 빙점의 눈꽃을 침묵의 꽃이라 불러도 좋으리라.

돌이켜 생각해보니 눈 오는 날 법정스님을 뵈러 길상사에 들른 적
은 단 한 번도 없었던 것 같다. 서울에 눈이 쌓일 정도면 스님이 계시
는 강원도 산골은 폭설이 내려 길이 끊어지곤 했으니까.

법정스님은 길상사 경내의 맨 위쪽에 자리한 행지실行持室에서 두
손을 얼굴 높이로 들어 합장하시면서 인사를 받으셨다. 스님의 손가
락은 인도 사람처럼 가느다랗고 길었다. 특히 손등의 살결은 반질반

질한 배롱나무 껍질 같았다. 행지실에는 늘 서너 사람 정도가 나보다 먼저 와 있었다. 차는 스님의 제자인 상좌분이 우리고 따랐다.

스님께 큰절을 하고 나면, 사람마다 다 다르지만 내 경우는 집사람과 아이들에 관한 얘기를 먼저 물었다. 손님 중에는 큰스님이니까 아주 심오한 법문을 설하시겠지 하고 귀를 기울이는 분도 있지만 스님은 의외로 일상의 자잘한 일들을 먼저 챙겼다.

"무량광 보살은 이제 차 운전 잘하는가요."

무량광은 나의 도반인데 스님께서 나의 법명 무염을 참고하여 무자 돌림이 좋겠다며 지으신 법명이었다. 보통은 삼귀오계三歸五戒 내용이 적힌 인쇄용지에 계를 주는 스님의 법명만 친필로 써주기 마련인데, 스님은 강원도 수류산방에서 계첩을 만들어 보내주실 정도로 자상하셨다.

"아이들은 잘 있는가."

스님께서는 아이들이 건강하게 잘 자란다는 답변을 듣고서는 흐뭇해하셨다. 두 아이가 서너 살 때 나를 따라 불일암에 간 적이 있는데, 스님께서 잊지 않고 아이들이 초등학생이 된 어느 날 체크무늬 천으로 장정한 일기장을 사주시기도 했다.

법정스님이 창건하신 '맑고 향기롭게' 근본 도량 길상사.

지금 내가 스님과 인연 맺은 내 가족 얘기를 하는 까닭은 우리 집이 남다르다거나 자랑할 만해서가 아니다. 스님의 참모습이 무엇인지 다시 생각해보고 싶어서다. 스님의 눈이 늘 어디를 보고 계시는지 얘기하고 싶은 까닭이다.

스님은 어른보다 아이들이 한 말에 귀를 더 기울였다. 실제로 아이들의 맑은 영혼에서 나온 말들이 스님의 글 곳곳에 인용되고 있는 것이다. 스님께서는 정치인들이 즐겨 쓰는 거국적이라는 말보다는 인간애가 밴 가족이나 이웃이라는 말을 더 좋아하셨고, 하늘에 있다는 전능한 신神보다 땅에 사는 불완전한 사람을 더 사랑하셨다.

쓸쓸해하시는 것도 분명했다. 전투적이거나 폭력적인 말을 아주 경계하셨다. 한번은 이런 일도 있었다. 내가 보고 들은 사실이다. 야당 대통령 후보가 스님을 만나고 싶다고 어느 국회의원을 통해서 소식을 전해왔던 일이다. 국회의원이 전해준 후보의 명함 뒤편에는 자필로 서너 줄의 용건이 적혀 있었는데, 마지막은 '건투를 빕니다'라는 문장이 쓰여 있었다. 스님은 그 후보에게 당연히 실망했다. 그 후보가 대통령이 된 후에도 연락이 왔지만 자리를 피해버렸다. 스님더러 씩씩하게 싸우라는 뜻의 '건투를 빕니다'란 한 문장 때문이었다.

또한 스님은 사랑을 외치면서도 상대를 배려할 줄 모르는 신앙인들을 보고 몹시 안타까워했다. 자기 자신 하나도 바르게 세우지 못하면서 종교 지도자 행세하는 것을 아주 싫어하셨다. 사회의 목탁이 돼야 하는데 사회의 짐이 되는 무리들이라고 부끄러워했다. 조계종 총무원에서 스님들끼리 불상사가 생긴 이후부터는 부근에 볼 일이 있어도 총무원 가까이 가지 않고 아예 멀리 돌아서 다니셨다.

누군가가 깨쳤다고 스님을 찾아와 어설프게 말을 걸어오자, "뭔 뜬 구름 잡는 흰소리여!"라고 말씀하시며 대꾸를 안 했다. 승속을 떠나서 모든 이들이 존경했던 성철스님을 평하실 때도 성철스님이 심오한 깨달음의 경지를 얘기하실 때보다 「목포의 눈물」이 좋다고 말씀하실 때 더 친밀감을 느꼈다고 회상하셨다.

바람이 불자 눈꽃이 낙화한다. 눈꽃이 포르르 떨어지자 새들이 날갯짓하는 소리가 난다. 스님은 그런 소리를 영혼의 모음이라고 했다. 문득 스님께서 그 겨울에 보내준 내복을 생각하니 갑자기 따뜻해진다. 아마도 나를 위해 산 내복은 아니었을 것이다. 신도가 보내준 내복들이 서너 벌 되자 그중 한 벌을 내게 보내주셨을 터이다. 스님께서는 꼭 필요한 것만 지니셨다. 불필요한 것들은 필요한 사람들에게 바로 나누어주시곤 했다. 그런데 나는 그 내복을 황송해서 입지 못하고 돌아가신 내 아버지에게 드리고 말았다. 지금도 "아따, 가볍고 따뜻해서 좋다" 하고 행복해하시던 아버지의 음성이 들리는 듯하다.

스님과의 추억이 쌓인 눈 같고, 길상사 경내가 추억의 회랑 같다.

동화 한 편으로 법정스님을 울린 아동문학가 정채봉 형과 함께 샘터 사에서 일할 때로 거슬러 올라가지 않을 수 없다. 내가 샘터사에서 근무하게 된 계기는 대학 선배이자 문단 선배인 정채봉 형이 나를 불러서였다. 당시 형은 월간지 〈샘터〉의 편집장이었고 차장 자리가 비어 있었던 것이다.

나는 바로 스님의 책을 만드는 편집 담당이 되었고, 스님이 서울에 오셨다고 전갈이 오면 정채봉 형을 뒤따라 스님을 뵈러 갔다. 길상사가 창건되기 전의 일로 스님이 50대 중반이었을 때 처음 뵀던 것 같다. 스님은 서울에 오시면 주로 경복궁 옆에 있는 송광사 서울 포교당인 법련사에 와 계셨고, 이후 '맑고 향기롭게' 시민운동을 펼치시기 전후에는 비원 앞의 조그만 사무실을 들르시곤 했다.

그런데 스님은 어쩐 일인지 절대로 도심 사찰인 법련사에서는 단 하룻밤도 주무시지 않았다. 스님이 머물 방을 하나 마련해 비워두고 평소에도 날마다 청소를 해왔는데도 머물지를 않으셨다. 스님이 오셨다는 소문을 듣고 찾아온 여러 사람을 만나다 보면 스님 자신의 질서가 흐트러지기 때문에 그것을 경계하지 않았나 싶다.

스님과 함께 점심을 굶은 일도 있었다. 법련사에서 점심 공양을 하려고 공양간에 들어섰다가 어느 일간지의 문화부장이 오고 있다는 주지 스님의 말씀을 듣고는 일어나버렸다. 나중에 그 문화부장이 엉뚱하게도 나에게 '왜 스님을 피하게 했느냐'고 따지는 바람에 내 입장만 난처했다. 그만큼 스님은 자기 질서를 위해서는 엄하고 빈틈이 없으셨다. 속된 말로 '좋은 게 좋다'는 식의 애매모호한 태도는 스님의 문법이 아니었던 것이다.

내가 나를 칭찬해주고 싶은 추억도 있다. 스님께서 인도 여행을 가신다고 하기에 스님을 모시고 을지로 지하상가로 나가 올림푸스 자동 카메라를 한 대 사드린 일이다. 그러자 스님께서는 사진 실력을 유감없이 발휘하셨다. 스님의 유언에 따라 절판된 『인도 기행』에 나오는 풍경 사진 모두가 스님 작품들인 것이다. 셔터를 직접 누른 생생한 사진들로서 스님께서는 사건 현장의 취재기자처럼 인도 특급열차의 화장실 사진까지 촬영해왔다.

스님께서 인도를 다녀오시고 난 뒤 나에게 준 선물은 간디 기념관 가게에서 사셨다는 '세 마리 원숭이상像'이다. 원숭이 한 마리는 손으로 입을 가리고 있고, 또 한 마리는 눈을 가리고 있고, 또 다른 한 마리는 귀를 가리고 있다. 평화주의자 간디가 좋아했던 상징물인지는 모르겠지만 나쁜 말 하지 말고, 나쁜 것 보지 말고, 나쁜 말 듣지 말라는 의미가 아닐까 싶다.

또 하나 주신 선물은 사르나트 박물관에 있는 불상佛像 사진이다. 스님께서 본 불상 중에서 가장 아름다운 부처님상이라며 인화한 사

입과 눈과 귀를 가리고 있는 세 마리 원숭이상.

진을 주셨다. 깨달음을 이룬 직후의 35세 부처님인데, 내가 보기에도 왕자 신분의 귀티와 풋풋한 건강미와 각자覺者의 지성미가 미묘하게 조화를 이룬 사진이었다.

부처님이란 내면과 외면, 즉 안팎이 다 아름다운 분일 것 같다. 뿐만 아니라 안팎이 다 진실한 분, 안팎이 다 선한 분이 아닐까 싶다. 길상사에도 사르나트의 청년 부처님상 못지않은 불상이 하나 있다. 설법전 아래에 있는 관세음보살상이 바로 그것이다. 흰 눈의 보관寶冠을 쓴 관세음보살상은 진선미는 물론이고 불교적인 자비와 기독교적인 사랑마저 회통하고 있는 것처럼 내 눈에는 보인다.

살아 있는 것은 다 행복하라

눈의 회랑에 발자국을 남긴다. 법정스님에 대한 추억도 발자국만큼 선명하다. 스님의 심부름을 할 때는 무심코 한 일이었는데, 지금 생각 해보니 추억의 단층 속에서 하나의 의미로 남아 있다는 느낌이다. 드 넓은 바닷가의 조개껍질 화석 한 점이 우리더러 지나간 시간과 사라 진 공간을 이야기하게 하는 이치다.

스님께서 길상사를 창건하시기 전이다. 나는 직장에서 허락받은, 동 료들이 부러워하는 외출이 자유로운 스님의 영화 담당(?)이었다. 스님 께서 서울에 오신다는 연락을 받으면 종로통의 극장에서 무슨 프로를 상영하는지 신문을 펼쳐놓고 꼼꼼하게 살펴보곤 했다. 스님은 주로 아침에 상영하는 조조 프로를 즐겨 보셨는데 승복 입은 수행자로서 사람들의 눈을 조심해서였다.

눈발 속에서 묵묵하게 제자리를 지키고 있는 길상사 산문.

기억에 남는 영화는 스님을 모시고 단성사에서 보았던 임권택 감독 작품인「서편제」다. 임권택 감독은 스님과 구면이었으므로 전화하면 편의를 봐드렸을 텐데도 스님은 번거롭다며 연락하지 않았다. 아무에게도 알리지 않고 나와 함께 영화를 보실 뿐이었다.

스님은「서편제」를 보시는 동안 내내 눈물을 흘리셨다. 영화 속에 등장하는 오누이의 애틋함이 스님의 눈물샘을 자극한 줄 알면서도 나는 극장을 빠져나오면서 짓궂게 물었다.

"스님, 왜 그렇게 우셨습니까."
"뭘 그런 걸 묻는가."

또 한번 잊히지 않는 기억은 영화보다는 영화를 보시고 난 뒤의 일이다. 나는 스님께 식도락가들에게 소문난 '순두부 백반'을 소개해드리고 싶어 인사동 골목의 한 식당으로 모시고 갔다. 유명 자매 가수 출신이 개업한 식당이었다. 그런데 음식을 받고 보니 막상 스님이 드시기에는 부담스러운 순두부 백반이었다. 순두부탕 속에 고깃가루가 들어 있었던 것이다.

스님은 순두부와 함께 엉켜 있는 고깃가루를 젓가락으로 일일이 가리신 뒤 드셨다. 결국 공양은 다 드셨지만 찜찜해하시는 표정이 역력했다. 사전에 내가 먼저 가본 뒤 스님께 권했어야 했는데 나의 실수이자 불찰이었다.

이후로도 스님은 '고기를 먹는 것은 짐승의 원망을 먹는 것이다'라는 말씀을 자주했다. 살아 있는 짐승이 인간들의 혀를 위해 죽을 때 얼마나 원망을 품고 죽겠느냐는 말씀이었다. 한때 반독재 투쟁을 함께했고 스님께서 해인사 시절부터 유일하게 존경했던 어느 분이 고기를 아주 맛있게 먹을 때는 '나하고는 치수가 맞지 않는구나' 하고 거리감을 느꼈다는 말씀을 나에게 하신 적도 있다.

스님은 아프리카 성자 슈바이처 박사의 말을 가끔 인용하셨다.

"인간 의식의 가장 절실한 사실은, 나는 살려고 하는 생명에 둘러싸인 살려고 하는 생명이다."
"인간의 진정한 윤리란 모든 생물에 대해서 끝없이 퍼진 책임이다."
"나는 나뭇 잎사귀 하나라도 의미 없이는 뜯지 않는다. 한 오리의 들꽃도 꺾지 않는다. 벌레도 밟지 않도록 조심한다. 여름밤 램프 밑에서 일할 때, 많은 날벌레들이 날개가 타서 책상 위에 떨어지는 것을 보는 것보다는, 차라리 창문을 닫고 무더운 공기를 호흡한다."

마하트마 간디의 말도 자주 예를 드셨다.

"두루 계시고 속속들이 꿰뚫어 보고 계시는 신을 보려면 가장 하잘

것없는 미물일지라도 내 몸처럼 사랑할 수 있어야 한다. 생명을 가진 모든 것을 평등하게 보는 일은 자기 정화 없이는 불가능하다. 자기 정화 없이 아힘사不殺生의 법칙을 지킨다는 것은 한낱 허망한 꿈이다."

여기서 '자기 정화'란 수행을 뜻하는 말이다. 수행을 해야만 '모든 생명은 평등하다'는 진리를 깨달을 수 있다고 간디는 보았던 것이다. 부처님은 이 세상 모든 생명은 행복할 권리가 있다는 의미로 자비의 말씀을 하셨다.

"살아 있는 모든 것은 다 행복하라. 태평하라. 안락하라."

그런데 세상 사람들은 왜 살아 있는 생명에 대해서 무자비한 것일까. 종교가 다르다고 해서 꽃을 박해한 사람들도 있는 것이다. 다른 별나라 외계인들의 얘기가 아니라 바로 우리가 살고 있는 이 땅 사람들의 한심한 얘기다. 꽃에게 무슨 허물이 있다는 것인지 그 일을 생각하면 슬프기조차 하다.

비가 부슬부슬 내리는 늦은 봄날이었다. 스님이 전화를 주시어 나는 곧바로 비원으로 나갔다. 『소설 무소유』에도 나오는 얘기지만 실제로 경험한 사실이니 그대로 요약해 옮겨도 무방할 것 같다.

당시 비원은 하루 종일 개방하지 않고 매시간 두 번씩만 관람료를

232

받고 문을 열었는데 지금은 어떤지 모르겠다. 그날, 비가 오는데도 관람객들은 삼삼오오 모여 문이 열리기를 기다리고 있었다. 스님은 나를 보자마자 말씀했다.

"참 어처구니가 없는 일이 벌어지고 있소."

문이 열리자 스님과 나는 해설자를 따라 단체 관람을 하지 않고 관리자에게 양해를 구한 뒤 부용지로 먼저 갔다. 부용지芙蓉池란 연못의 한자말이었다. 스님이 부용지로 가면서 말씀했다.

"경복궁 연못에 연꽃이 없어요. 장로가 대통령이 되더니 그 밑에서 아부하는 무리들이 한 짓 같소. 불교를 말할 수 없이 박해한 조선왕조 때 심은 연꽃을 불교의 꽃이라 해서 다 뽑아버렸소."

사실이라면 우리는 조선왕조 때보다 더 용렬하고 편협한 시대에 살고 있는 셈이었다. 스님이 개탄했다.

"꽃이 무슨 종교에 소속된 예속물인가요. 경전에서 연꽃을 비유로 드는 것은 어지럽고 흐린 세상에 살면서도 거기 물들지 말라는 뜻이지요."

비원의 부용지에도 역시 연이 한 포기도 보이지 않았다. 연꽃의 정자라고 이름 붙인 부용정이 무색했다. 마침 청소하는 청소부에게 물어보니 그의 대답은 엉뚱했다.

"고기들이 연 뿌리를 물어 뜯어 죽었나 봅니다."

비원을 나오는 길에 스님께서 혼잣말로 탄식했다.

"우리는 지금 연못에서 연꽃을 볼 수 없는 시대에 살고 있는 것 같소."

이때부터 스님은 맑고 향기로운 세상을 꿈꾸기 시작했다고 말씀하신 바 있다. 당신의 수행을 사회화시키는 데 관심을 갖게 됐던 것이다. 그러던 중에 가톨릭의 '내 탓이오'라는 스티커 한 장이 눈에 띄었다. 스님의 심혼心魂에 불을 댕겼다. 당시 스님을 모셨고 길상사를 창건하는 데 실무를 보았던 청학스님의 얘기도 잊히지 않는다.

"시민 모임 '맑고 향기롭게' 운동은 아주 단순한 계기로 출발했어요. 천주교의 '내 탓이오' 스티커를 스님께서 보시고서는 우리도 연꽃 한 송이 스티커를 만들어보자고 서너 번 얘기를 하다가 현호스님이 적극적으로 나서 시작한 겁니다. '맑고 향기롭게' 운동 방향은 스님 책을 참고해서 정했고요."

스님 내면에 맑고 향기로운 세상의 서원이 충만해 있다가 '내 탓이

가사장삼 수하고 예불하려고 극락전으로 가는 스님.

차가운 눈 속에서 온몸으로 뜨겁게 핀 설중생화雪中生花.

오'라는 스티커 한 장이 전광석화처럼 스님 마음을 격동시켰다는 것이 맞는 말일 듯하다.

눈이 살아 있는 날벌레처럼 점점이 내린다. 손바닥을 내밀어 눈의 체온을 느껴본다. 보기에는 비슷한 모양이지만 실제로는 그 크기와 무게가 다 다르다고 한다. 사람도 마찬가지다. 이 세상에 같은 사람은 단 한 사람도 존재하지 않는다. 그런데도 사람들은 누군가를 닮기를 원한다. 자기를 버리고 추종자가 되기를 원한다. 그러지 못하면 실망하고 낙담한다.

누군가에게 자신의 의미를 찾으려 하고 그것을 지키려 한다. 왜 자기는 찾지 않고 어떤 굴레에 갇히기를 원하는지 답답하다. 부처님은 진리를 등불 삼고, 자신을 등불 삼아 살라고 했다. 무소의 뿔처럼 홀로 가라고 했다. 이 세상에 자신을 구원할 만한 대상은 아무것도 없으니 밖으로 눈을 돌리지 말고 내면을 관조하라고 했던 것이다.

스님께서도 '석가모니 부처님도 한 분이면 족하다'라고 했다. 상좌든 신도든 누가 됐건 간에 당신의 가르침이나 친분에 갇히는 맹목盲目을 경계하셨다. 오히려 스님께서는 멀리 떨어져 살더라도 자기 질서를 소박하게 지키며 사는 보통 사람들을 사랑하고 신뢰하셨다.

캄캄한 밤하늘이 아름다운 까닭은 별들이 자기 자리를 지키며 반짝이기에 그런 것이 아닐까. 우리가 아는 몇 개의 별들만 광대무변한 허공에서 반짝이는 것이 아니라, 우리가 알지 못하는 수많은 별들이 제자리를 지키며 더불어 반짝이고 있는 것이다. 무엇이 아름다운 인생인지 알고자 한다면 밤하늘의 별을 보라고 권면하고 싶다. 자기 자리에서 누구도 닮으려 하지 않고 스스로 반짝이는 별이 되는 것이 바로 아름다운 인생인 것이다.

사시예불 때가 됐는지 가사장삼 차림의 한 스님이 극락전으로 가고 있다. 눈발이 성글어지고 있다. 스님도 잰걸음이 된다. 순간 경내에 핀 모든 눈꽃들이 극락전 부처님께 꽃 공양을 올리고 있는 것 같다. 차가운 설경雪景 속에서 뜨거운 개화開花를 보는 듯하다. 나는 이와 같은 순간을 설중생화雪中生花라 부르고 싶다.

베푼 것만이 진정으로 내 것이 된다

나를 되돌아보게 하는 저 흰 눈도 오늘은 나의 부처님이라는 생각
이 든다. 그렇다. 우주 안의 모든 존재에 불성佛性이 깃들어 있으니
부처님 아닌 존재가 없을 터이다. 가톨릭에서는 이러한 내면의 불성
을 영성이라 하는지 모른다.

극락전과 설법전, 지장전, 길상선원 등등 전각과 당우를 잇는 모든
샛길이 눈으로 덮여 있다. 뜻밖의 적설積雪로 서로가 고립돼 보이지
만 다른 한편으로는 한결 독립적으로 보인다. 홀로 있기에 전각은 더
욱 전각답고, 당우들은 제각각 당우답다. 눈 속에서 제자리를 지키고
선 팽나무도 어느 때보다 더 자기답게 보인다. 문득 법정스님의 말씀
이 떠오른다.

"누군가와 함께 있을 때 그는 온전히 자기 자신으로 존재할 수 없

아직도 법정스님의 법향이 맑고 향기롭게 감도는 극락전.

다. 홀로 있다는 것은 어디에도 물들지 않고 순수하며 자유롭고 부분이 아니라 전체로서 당당하게 있음이다. 결국 우리는 홀로 있을수록 함께 있는 것이다."

흰눈의 가피를 받은 극락전에 들어 부처님께 삼배를 올린다. 법당은 텅 비어 있지만 부처님의 빛과 법정스님의 숨결이 가득하다. 강원도 오두막에 계신 스님께서 해마다 봄 가을에 오시어 맑은 법문을 하셨던 공간이다. 나는 스님의 법문을 들을 때는 주로 팽나무 그늘이나 풀밭에 앉아서 들었다. 좁은 법당에서 줄을 맞추어 한 자리 차지하고 듣는 것보다 지정석이 없는 풀밭이 편안했던 것이다.

내 기억으로는 2009년 정기법회 '봄 법문'이 마지막이었던 것 같다. 스님께서는 천식에서 시작된 폐 질환으로 더 이상 대중 앞에 나서지 않았던 것이다. 강원도에서 오신 스님은 1천여 명의 불자들을 상대로 법문을 시작했다. 스님의 목소리는 무거웠다.

"눈부신 봄날입니다. 다시 만나 다행입니다. 언젠가 내가 이 자리를 비우게 될 것입니다…… 연등이 너무 많이 걸려 있어 꽃과 잎을 볼 수 없습니다. 저마다 독특한 기량을 뽐내는 꽃이 피기 때문에 비로소 봄인 것이지 봄이라서 꽃이 피는 것은 아닙니다…… 꽃이 피지 않는다면 봄 또한 아닙니다. 지구의 이상 기온이 걱정입니다. 전문가들은 침묵의 봄을 걱정합니다…… 과소비로 치달으면 침묵의 봄이 오고 말 것입니다…… 여름 날씨가 봄에 오고 봄에 눈이 오는 것은 우리가 그렇게 만든 것입니다. 꽃은 우연히 피는 것이 아니라 모진 추위와 더위, 혹심한 가뭄과 장마를 꿋꿋이 버틴 나무와 풀만이 시절인연을 만나 인고의 세월을 배후에 두고 한 송이 꽃과 잎을 피웁니다. 이와 같은 꽃을 보고 우리 자신은 어떤 꽃을 피우고 있는지 살펴봐야 합니다. 살필 수 있어야 합니다…… 매화는 반만 피었을 때가 보기가 좋고, 벚꽃은 활짝 피었을 때가 보기가 좋고, 복사꽃은 멀리서 볼 때가 환상적이고, 배꽃은 가까이서 볼 때가 좋습니다…… 인간사도 멀리 두고 그리워하는 사이가 좋을 때도 있고, 가까이 앉아 회포를 풀어야 좋을 때가 있습니다."

스님은 길상사 내부를 걱정하듯 경책도 서슴지 않았다.

"반세기 동안 여러 곳의 도량을 거치면서 체험적 진실로 안 것입니다. 『천수경』에도 도량에는 도량신이 있다고 했습니다…… 도량신은 그 도량에 필요한 사람은 받아들이고 그렇지 않으면 거부한다고 했습니다…… 승가의 생명력은 청정성과 진실성에 있습니다…… 길상사가 맑고 향기로운 도량인지 의문이 듭니다. 스님, 신도, 오가는 불자들의 삶이 저마다 맑고 향기로운지 정진의 힘으로 수시로 점검해야 합니다. 절 이전에 수행이 있었던 만큼 절을 습관으로 다닐 게 아니라 왜 가는지 스스로 묻고 의지를 가지고 가야 합니다. 길상사가 10년째입니다. 진정한 도량은 눈에 보이는 건물만으로 이뤄지지 않습니다.

삶이 맑고 향기롭게 개선돼야 하며 도량다운 도량으로 거듭나야 합니다. 절은 개인의 소유물이 될 수 없습니다. 10년이면 강산도 변한다는데 때가 됐습니다."

스님은 법문을 마무리 지으면서 의미심장한 화두를 던졌다.

"이 눈부신 봄날, 새로 피어난 꽃과 잎을 보면서 무슨 생각들을 하십니까. 각자 이 험난한 세월을 살아오면서 참고 견디면서 가꾸어온 씨앗을 이 봄날에 활짝 펼쳐보기 바랍니다. 봄날은 갑니다. 덧없이 갑니다. 제가 이 자리에서 미처 다하지 못한 이야기는 새로 돋아난 꽃과 잎들이 전하는 거룩한 침묵을 통해서 듣기 바랍니다."

길상사는 법정스님께서 길상화(김영한) 보살의 소유였던 대원각을 시주받아 1997년 12월에 개원한 절이다. 절이 개원하는 날 나도 말석에서 지켜보았는데, 행사 인쇄물에 적힌 창건 발원문이 지금도 기억이 난다.

우러러 부처님께 절하옵니다
향 사르어 올리오니 길상의 땅에 나투소서
무릎 꿇어 절하오니 자비의 손길 드리우소서
부처님 말씀 따라 우리의 삶 가꾸고저
보살의 길 따라 이 땅을 빛내고저

마음 맑게 뜻 곱게 길상의 터 일구오니

두터운 인연의 길

갸륵히 여기소서 쓰다듬어주소서

자비로 이끄소서 지혜광명 내리소서

위대하시어라, 부처님이시어

새로운 마음으로 더욱 굳은 마음으로

불타의 발등에 머리 숙여 원하오니

길상의 문 넓게 열려지고

수행의 길 크게 크게 펼쳐지어

뭇 세상 어려운 이 여기에 이르시어

안심 얻으시어라 행복 이루시어라

그 마음 하나 되어 부처님께 비나이다

섭수하여주옵소서 기뻐하여주옵소서

복되게 하옵소서 큰 빛 되게 이끄소서

부처님의 미소 아래 창건 발원하옵니다

보살이 재산을 멀리하고 자신의 영혼에 다가서려고 한 계기는 스님의 『무소유』를 감명 깊게 읽고 나서였다고 전해진다. 1천억 대를 시주한 보살은 개원법회날 단상에 올라 단 몇 마디의 말만 했다.

"저는 배운 것이 많지 않고 죄가 많아 아무 드릴 말씀이 없습니다. 불교에 대해서는 더더구나 아무것도 모릅니다. 하지만 말년에 귀한

길상사 경내의 모든 나뭇가지마다 만개한 설화雪花.

인연으로 제가 일군 이 터에 절이 들어서고 마음속에 부처를 모시게 돼서 한없이 기쁩니다. 제 소원은 여인들이 옷을 갈아입었던 저 팔각정에 종을 달아 힘껏 쳐보는 것입니다."

경내를 가득 메운 수천 명 대중의 가슴을 적셨던 보살의 원願이었다. 그때 법정스님께서는 보살의 목에 염주를 걸어주었다. 어떤 사람이 보살에게 "1천억 원대의 재산을 기부한 것이 아깝지 않습니까" 하고 묻자 그녀는 "재산은 그 사람 백석의 시 한 줄만도 못하다"라고 잘라 말했다. 개원법회날부터 2년 뒤, 보살은 운명하기 하루 전에 길상사를 찾아와 한 스님에게 "나 죽으면 화장해서 눈이 많이 내리는 날 뿌려주시오"라고 말한 뒤 눈을 감았다.

시인 백석白石의 여인이었던 길상화 보살은 일제 강점기 때 여창가곡과 궁중무 등 가무의 명인으로 이름을 떨쳤다고 한다. 스님의 『무소유』에 감동하고 백석의 시를 깊이 이해했던 보살이야말로 한 번 주어진 인생을 참으로 자기답게 살고 자기답게 죽은 분이 아닐까 싶다.

길상화 보살의 공덕비에도 눈이 얹혀 있다. 공덕비 상단은 발우처럼 동그랗다. 발우 형상에 길상사 건물과 터를 시주한 보살의 공덕처럼 흰 눈이 수북이 쌓여 있다. 그런가 하면 하늘이 내리는 복덕을 오롯이 받고 있는 형상이다. 절에 피는 한 송이 불두화佛頭花가 만개한 모습 같기도 하다.

법정스님에게 자신의 전 재산을 시주한 길상화 보살 공덕비.

현재 길상사는 시민 모임 '맑고 향기롭게' 근본 도량이 되어 있다. '맑고 향기롭게' 시민 모임 사무실은 원래 비원(창경궁) 앞에 있었는데, 스님께서 길상사를 개원하시고 난 뒤 '맑고 향기롭게'의 활동과 정신을 뒷받침하는 절로 일구신 것이다.

나는 이 일을 깊은 산중에서 정진해오신 스님께서 당신이 깨달으신 바를 사회에 남김없이 회향하는 불사佛事라고 생각한다. 스님께서도 법문 중에 '밥값'을 하려고 나섰다고 말씀하신 적이 있고, '맑고 향기롭게' 소식지에서도 이웃에게 자비의 실천을 당부하시면서 다음과 같이 글을 쓰신 적이 있다.

"내가 지금 가지고 있는 것은 내 것이 아님을 알아야 한다. 내가 평소 이웃에게 나눈 친절과 따뜻한 마음씨로 쌓아 올린 덕행만이 시간과 장소의 벽을 넘어 오래도록 나를 이룰 것이다. 따라서 이웃에게 베푼 것만이 진정으로 내 것이 될 수 있다."

길상화 보살의 공덕비가 자꾸 눈에 밟힌다. 이제 길상사의 건물과 터는 보살의 소유가 아니지만 법정스님이 세워준 보살의 공덕비를 보니 보살이야말로 진정한 주인이라는 생각이 든다. 법정스님의 말씀대로 베푼 것만이 시간과 장소의 벽을 넘어 오래도록 내 것이 될 수 있으니까. 아직도 눈은 현재진행형이다. 길상사에 내리는 공덕과 복덕의 눈이다.

침묵에 귀 기울이라

행지실로 가는 길목의 '침묵의 집' 뜰에도 눈이 충만해 있다. 눈이라기보다 침묵이 켜켜이 쌓인 느낌이다. 눈이 형태가 있는 색色이라면 침묵은 형태가 없는 공空이다. 그래서 『반야심경』은 색즉시공 공즉시색 色卽是空 空卽是色이라 하는가.

'침묵의 집.'

불일암 오솔길을 걷던 스님의 걸음걸이처럼 날렵하고 깔끔한 서체를 보니 법정스님을 뵙는 것 같다. 스님께서는 유난히 침묵을 강조하셨다. 불일암 시절에도 젊은 스님들이 올라와 가르침을 청하면, 호두알만 한 알사탕을 꺼내 주시고는 토방에 놓인 나무 의자에 앉아 "조계산 자락이나 쳐다보고 가라"고 말씀하시며 방으로 들어가시곤 했다. 얼마나 안타까웠으면 길을 물으러 온 급한 이들에게 알사탕을 우물거리게 하셨을까.

　지금도 절 안팎으로 말에 의지하여 자기를 찾으려 하는 사람들이 너무 많다! 좋은 말에 취하고 중독되어 결국에는 좋은 말의 본질을 오염시키는 이들이 여기저기 나댄다. 스님께서 알사탕을 주신 까닭은 남의 가르침에 의지하지 말고 침묵의 체로 걸러낸 맑은 지혜를 체험하라는 경책이었을 것이다.

　침묵이란 입만 다물고 있는 것이 아닌 것 같다. 시비하고 분별하려는 한 생각까지 쉬는 것이어야 진정한 침묵이라는 생각이 든다. 시비 분별하려는 한 생각. 그것이 바로 찰나생사刹那生死이고 갈등과 번뇌를 반복하게 하는 윤회의 업력이 아닐까.

　스님께서 말씀하신 '침묵에 귀 기울이라' 일부를 그대로 옮겨본다.

　"오늘날 우리들은 시끄러운 소음 속에서 나날을 보내고 있다. 집 안과 거리, 일터와 차 속을 가릴 것 없이 어디를 가나 소음으로 넘치고 있다. 더욱이 요 근래에 들어 운동경기 중계로 인한 시끄러움은 우리들의 자주적인 사고 능력을 앗아 머리를 비게 하고 피곤을 가중시키고 있다.

　복잡한 인간 생활이 만들어낸 소음 때문에 가장 청결하고 그윽해야

법정스님의 걸음걸이처럼 날렵하고 군더더기가 없는 서체.

할 인간의 뜰이 날로 시들어간다. 우리 모두가 크게 걱정해야 할 일이다. 특히 전자산업의 발달로 인한 대량 매체의 발성發聲은 제정신을 가누기 어려울 정도다.

이런 상황 아래서 우리들이 주고받는 일상의 말은 어떤 의미를 가지는 것일까. 사람의 생각을 주고받는 말이라 할지라도 자칫하면 또 하나의 소음으로 전락될 위험이 따른다. 자기 사유를 거치지 않고 밖에서 얻어듣거나 들어오는 대로 다시 내보내고 있기 때문이다. 침묵의 체로 거르지 않는 말은 사실 소음이나 다를 바 없다."

스님의 글인데 누구에게나 항상 하시는 말씀이다. 그래서인지 다기 앞에 앉으셔서 카랑카랑한 음성으로 들려주시는 것 같다. 다 아는 사실이지만 스님은 말과 글이 같은 분이다. 어떤 법문도 원고 없이 하신 적이 없다. 깊은 사유 없이 즉흥적으로 나오는 말이나 사람들의 이성을 마비시키는 선동의 말을 경계하셨기 때문이다.

나는 며칠 전에도 불교 텔레비전에서 재방송해준 스님의 법문을 들었는데, 역시 검은 테 안경을 쓰신 한결같은 모습이었다. 안경 너머로 원고를 보시느라 자주 고개를 숙이곤 하셨다. 그럴 때면 스님의 모습에서 나만이 눈에 띄는 부분이 있다. 스님의 정수리에 거뭇하게 드러난 상처 자국이 바로 그것이다.

길상사를 창건하시기 전에 난 상처 자국이다. 강원도 오두막 수류 산방에서 그곳의 집과 기후에 적응하며 사실 때 다친 상처인 것이다. 한번은 스님이 불러 '맑고 향기롭게' 비원 앞 사무실로 갔더니 스님께서 연고를 내밀면서 발라달라고 하셨다.

오두막의 문틀 상단이 낮아 방 안으로 들어가다가 정수리를 다치셨다고 했다. 성미가 급하고 키가 크신 스님이므로 충분히 가능한 일이었다. 그런데 스님은 두 달 뒤에 오셔서 상처가 아물어가는 정수리 부분에 또다시 연고를 발라달라고 하셨다. 두 번이나 같은 부위에 상처가 난 셈이었다. 두 번의 실수를 용납하지 않는 스님의 성품을 감안해볼 때 상상할 수 없는 일이었다. 그런데 스님의 말씀은 나의 선입견을 벗어났다.

"무염거사, 예전 같으면 있을 수 없는 일이오. 당장 문틀을 내 키에 맞는 것으로 사와 갈았을 것이오. 하지만 이제는 고개를 숙이고 살 줄도 알아야겠다는 생각이 들어 문틀을 그대로 두었어요."

그때 스님의 연세는 62세였다. 이제는 칼칼한 자주적 태도를 접고 주어진 환경과 대상에 맞추어 살겠다는 말씀이었다. 어느새 스님의 서릿발 같은 기가 꺾이셨나 싶어 조금 쓸쓸하기도 했다. 내가 이 무렵을 정확하게 기억하는 것은 금융실명제가 실시된 해였기 때문이다. 금융실명제 실시는 스님에게는 불행(?)이었다. 범우사에서 발간한 『무소

침묵의 집, 법정스님은 침묵의 체로 거르지 않은 말을 소음이라 했다.

유』와 그 밖의 산문집 인세 수입이 어떻게 쓰여지고 있는지 세상에 낱낱이 공개됐기 때문이었다.

"무염거사, 대학생들에게 준 장학금의 영수증을 받아오라고 하는데 참 난감한 일이오. 일일이 받아오라고 하니 어찌하면 좋겠소."

지인을 통해서 세무서에 알아봤더니 고액의 세금을 면제받으려면 그동안 스님이 대학생들에게 지급한 장학금의 영수증을 받아오라고 조언했다는 것이다. 생활이 어려운 대학생들을 불일암 시절부터 스님의 인세 수입으로 몰래 도와왔는데, 금융실명제 실시는 스님의 선행을 세상에 드러나게 한 정책이 되고 말았다.

스님은 대학생들에게 학비를 대줄 때도 절대로 스님에게 오도록 하지 않았다. 장소를 지정하여 그곳에서 가져가게 하거나 은행 계좌번호로 바로 입금하였다. 종교가 달라 학생이 부담스러워할 수도 있고 혹은 감수성이 예민한 학생이 부끄러워할지 몰라서였다. 물론 그보다는 스님 자신이 세상에 밝혀지는 것을 원하지 않았기 때문이었다. 실제로 스님은 불일암 시절부터 30여 년 동안 통장에 일정 금액이 모이면 곧바로 기부하셨고 장학금 봉투나 증서는 물론 어디에도 이름을 내걸지 않았던 것이다.

지금도 자신이 스님의 장학금을 받았다고 나서지 않는 사람이 있는 것을 보면 스님과의 약속이 얼마나 철저했는지 알 수 있는 일이다. 스님은 샘물이 차오를 때마다 퍼내듯 기부를 하시면서 신도들에게는 "기부란 내가 잠시 맡아 가지고 있던 것을 되돌려주는 것이다"라고 말씀했고, 상좌들에게는 부처님의 가르침인 제행무상諸行無常의 입장에서 말씀했다.

"나도 없는데 하물며 내 것이 어디 있겠는가."

그런데 스님은 그러한 신념으로 사셨기에 생의 마지막에 이르러서는 주변의 신세를 졌다. 폐 질환으로 병원에 처음 입원하였을 때 입원비가 부족하여 길상사에서 빌린 뒤에 갚으셨고, 입적 전의 큰 병원 입원비는 한 독지가가 나서서 대납을 해주었던 것이다.

행지실에서 주지 소임을 맡고 있는 덕현스님을 뵙는다. 모습이 산중 선방의 선객을 연상시킨다. 풀 먹인 장삼처럼 깔깔하고 단단한 스님 같다. 옆에 동석한 천호스님은 봄바람처럼 부드럽고 자애로운 스님이다. 아내가 장작 가마에서 처음으로 구워낸 화병花瓶을 감상하면서 두 분이 소리내어 웃으며 대화를 나눈다. 관세음보살이 지닌 정병淨瓶을 염두에 두고 장식 없이 고즈넉한 곡선曲線만 흐르게 한 화병인데 천호스님께서 거듭 감탄하신다.

행지실에 차향이 퍼진다. 나도 덕현스님이 우려낸 차 한 잔을 음미

지금은 신행 단체가 사무실로 사용하고 있는 유마선방.

한다. 차를 마시는 것도 침묵으로 들어가는 연습인 것 같다. '천 가지 만 가지의 말도 차 한 잔 마시는 것 밖에 있지 않다萬語與千言 不外喫茶去'라는 다도茶道의 금언이 있잖은가. 말보다는 침묵을 더 많이 하고 행지실 방문을 나선다.

눈 덮인 길상사는 경내가 다 자기 자신에게로 돌아가는 선방이 돼 버린 느낌이다. 아름답다고 경탄하는 것조차 허락하지 않는 그런 침묵의 선방 말이다. 선禪이란 말없이 내려앉은 저 눈 같은 것이 아닐까. 눈은 자신의 전 존재를 숨김없이 다 드러내놓고 있다. 눈은 언어도단言語道斷의 진실을 온몸으로 보여주고 있다.

한반도에 다시 오시어 못다 한 일들 이루소서

눈이 그치고 경내에 불이 켜진다. 공양간에서 저녁 공양을 하고 난 뒤 길상사를 나선다. 덕현스님과 스님의 절판 유언에 대한 얘기를 나눈 게 다행이었다는 생각이 든다. 스님은 다음 생으로 말빚을 가져가고 싶지 않다며 스님이 저서로 명기된 모든 책을 절판하라고 유언하셨던 것이다. 내가 스님의 절판 유언은 "스님에게 있어 말빚이란, 사람들이 스님의 저서 속에서 지혜를 깨닫지 못하고 좋은 말만 챙기려고 하는 어리석음을 경계하라는 죽비 소리가 아니겠습니까"라고 동의를 구하자 덕현스님이 "정확하게 보신 겁니다"라고 말했던 것이다.

언제 또 길상사를 들를지 몰라 극락전 앞에서 서성거려본다. 법문하시는 스님의 음성이 들리는 듯하다.

"흔히들 마음을 맑히라고 비우라고 말을 합니다. 그러나 이것이 바로 마음을 맑히는 법이라고 얘기하는 이는 없습니다. 또 실제로 마음을 비우고 사는 이처럼 여겨지는 사람 만나기도 쉽지 않습니다. 마음이란 결코 말로써, 관념으로써 맑혀지는 것이 아닙니다. 실질적인 선행을 했을 때 마음은 맑아집니다.

선행이란 다름 아닌 나누는 행위를 말합니다. 내가 많이 가진 것을 그저 퍼주는 것이 아니라 내가 잠시 맡아 있던 것들을 그에게 되돌려주는 행위일 뿐입니다."

스님이 길상사를 창건하고 난 뒤 눈을 감을 때까지 단 하룻밤도 길상사에서 머물지 않았다. 길상사 초대 주지 스님이 쉴 방을 하나 마련하겠다고 건의했지만 스님은 거절했다.

"그런 소리 말아요. 이곳을 무상으로 받았지만 개인의 절이라고 생각하지 않을 것이오. 앞으로 내 방을 갖지 않을뿐더러 나는 죽을 때까지 이곳에서 단 하룻밤도 묵지 않을 것이오. 사실 회주會主란 직함도 무슨 회사의 회장 같은 느낌이 들어서 부담스러워요."

그러나 스님은 입적한 뒤 송광사 다비장으로 내려가기 전에 하룻밤 행지실에서 머물렀다. 스님의 의지는 아니었다. 상좌 스님들이 제로서의 예를 갖추기 위해 스님을 머물게 했다. 그날 낮에, 그러니까 2010년 3월 11일 스님께서 입적하시기 직전이었다. 정확하게 12시

밤을 밝히는 스님들의 염불 소리에 깨어 있는 극락전.

가 조금 지나서였다. 서울의 어느 신문사에서 내가 사는 남도 산중으로 전화가 왔다.

"모 신문사 문화부 아무개 기잡니다. 법정스님 추도사를 오늘 오후 5시까지 써주실 수 있습니까."

나는 가슴이 철렁 내려앉는 것 같았으므로 긴 호흡으로 진정하고 난 뒤에야 그 기자에게 되물었다.

"스님께서 입적하셨습니까."
"병원에서 길상사로 차들이 이동하는 것을 보니 곧 입적하실 것 같습니다. 그래서 미리 원고를 받아두려고 합니다."
"그렇다면 전화를 받지 않은 것으로 하겠습니다. 스님의 제자로서 미리 추도사를 쓴다는 것은 불경스러운 일입니다."

나는 스님의 입적을 가정하고 추도사를 쓸 수 없었다. 스님에 대한 재가제자로서 예의가 아니었던 것이다. 그러자 기자가 막무가내로 사정을 했다.

"입적하시면 전화를 바로 하겠습니다. 그때는 써주십시오. 약속해 주십시오."

속보 경쟁을 하는 기자의 고충을 알기 때문에 나는 마지못해 허락했다. 조금 뒤 다른 신문사에서도 전화가 왔다. 그러나 나는 이미 약속한 바 있으므로 분명하게 거절했다. 그때부터 머릿속이 텅 비는 듯했다. 마치 내가 죄인이나 되는 것처럼 혈압이 오르고 가슴이 떨리기도 했다. 대원사 티벳 박물관장인 현장스님으로부터 스님께서 입적하실 것 같다는 전화가 왔다.

오후 1시 51분이 되자, 전화벨이 다시 울렸다. 스님께서 입적하셨다는 아주 사실적인 기자의 목소리였다. 나는 눈앞이 막막했지만 의자에서 일어나 서재에 마련된 불단의 부처님께 향을 사르고 합장했다. 그러고 한참 지나자 스님의 일생이, 내가 알고 있는 스님의 출가 전후의 삶이 언뜻언뜻 머릿속을 스쳤다.

이윽고 나는 추도사를 쓰기 시작했다. 절제할 수 없을 만큼 얼굴이 상기되었지만 형용사를 버리고 뼈와 같은 명사와 동사만으로 다음과 같이 써 내려갔다.

눈앞이 막막합니다. 무엇이 바빠 스님께서 좋아하시는 연둣빛 봄날을 마다하시고 가십니까. 영혼의 모음 같다던 뻐꾸기 소리를 더 듣지 않으시고 가십니까. 스님의 속가 외사촌 조카인 현장스님께서 전화를 주셨습니다. 스님을 길상사로 모시고 있으니 상경한다고 말씀했습니다. 현장스님도 목이 메고 저도 목이 멥니다. 잠시 후 스님은 이승의 옷을 벗고 내생의 새 옷을 입으셨습니다.

스님.

찻물 올리고 향을 사르며 스님의 명복을 빕니다. 죽음은 생의 끝이 아니라 또 다른 생의 시작이라는 스님의 말씀이 떠오릅니다. 스님께서는 '온몸으로 살고 온몸으로 죽어라'라는 어느 중국 선사의 말씀을 참 좋아하셨습니다. 스님의 일생이 그러합니다.

스님은 초등학교 때 등대지기가 되겠다는 꿈도 꾸어보고, 청년기에는 인간 실존에 대해서 괴로워합니다. 동족끼리 피 흘린 6·25전쟁은 스님을 더욱 고통스럽게 합니다. 세속은 스님이 살아야 하는 번지수가 아니었습니다.

스님은 출가하여 효봉선사의 제자가 됩니다. 해인사 선방 시절에는 한 아주머니가 장경각의 고려대장경판을 '빨래판 같은 것'이라고 말하여 스님은 한글 역경의 중요성을 절감합니다. 이후 강원을 마치고 운허 스님을 도와 『불교사전』을 편찬합니다. 그 인연으로 서울에 올라와 봉은사 다래헌에서 사십니다. 〈현대문학〉에 「무소유」를 발표하시어 문명을 떨치시기도 하고, 장준하, 함석헌 선생 등과 반독재 투쟁에도 간여합니다.

그런데 인혁당 사건은 스님을 몇 달 동안 잠 못 이루게 합니다. 한 무리의 젊은이가 죄 없이 형장의 이슬로 사라지는 만행을 보면서 증오심과 적개심을 품습니다. 그러면서도 수행자로서 깊이 자책합니다. 어떤 운동도 인격 형성의 길로 이어지지 않는다면 무의미하다고 결론을 내립니다.

스님은 송광사로 내려가 불일암을 짓고 텅 빈 충만의 시절을 보냅니다. 그러나 불일암마저 번다해지자 강원도 산중 오두막으로 가 정진하시는 한편, '맑고 향기롭게' 근본 도량인 길상사를 창건하시어 가난하고 힘든 이들의 의지처가 되게 하였습니다.

스님.

저는 스님의 내면을 조금 보았습니다. 스님께서는 영화 「서편제」 조조 프로를 보시면서 맑은 눈물을 흘리셨습니다. 스님께서는 소년기부터 감내할 수 없을 정도의 고독을 견디신 분입니다. 그러나 그 고독을 거름 삼아 깨달음의 꽃을 피우신 분입니다. 중학교 때 납부금을 내지 못하여 울면서 배를 타고 목포로 갔던 스님. 진도 쌍계사로 수학여행을 가서 절을 떠나기가 아쉬워 울었던 스님. 효봉스님을 시봉할 때 고방 호롱불로 『주홍글씨』를 읽다가 야단맞고 유난히 좋아했던 책을 아궁이에 태워버렸던 스님.

사람들은 더러 스님을 수필 쓰는 문인으로 생각합니다. 그러나 저는 스

온전한 침묵으로 돌아가는 길상사의 밤.

님에게 글은 세상과 소통하는 수단일 뿐이라고 여깁니다. 세상 사람들은 스님께서 하루에 한두 시간 글 쓰고 나머지 모든 시간을 수행자로서 정진한다는 것을 모릅니다. 관념적이고 맹목적인 선禪을 거부하시고 선방 울타리를 벗어나 '내 손발이 상좌'라며 홀로 수행하신다는 것을 모릅니다. 저는 스님이야말로 한국의 수행자가 어떤 길을 가야 하는지를 말없이 보여준 분이라고 믿습니다. 스님께서 보여주신 맑은 모습 속에 한국 불교가 다시 태어나는 길이 있다고 확신합니다.

스님.

저는 스님의 부끄러운 제자입니다. 다만, 스님께서 원하시는 제자의 모습을 보여 스님의 가시는 발걸음이 가볍도록 발원하겠습니다. 그것이 스님을 떠나보내는 제자들의 도리라고 생각합니다. 스님께서 40대에 미리 써놓았던 유서 한 대목을 읽으며 기도하겠습니다. 스님께서는 내생에도 다시 한반도에 태어나 모국어를 더 사랑하고 출가 사문이 되어 못다 한 일들을 하고 싶다고 하십니다. 스님! 가시는 발걸음 부디 가벼우소서. 『화엄경』의 선재동자도 만나시고, 어린 왕자가 사는 별나라에 가시어 원願을 이루소서. 한반도에 다시 오시어 못다 한 일들 이루소서.

정찬주 합장

스님께서는 병상에서 누군가가 이제 스님을 어디서 뵐 수 있냐고 문자, 불일암이나 길상사에 오면 만날 수 있을 거라고 말씀했다고 전해진다. 나는 그럴 수도 있다고 믿는 사람이다. 그렇지 않아도 스님의 영혼이 행지실 툇마루에 앉아서 눈 내리는 허공을 응시하는 것 같은 느낌이 들었던 것이다.

스님께서 40대에 미리 쓴 유서의 못다 한 일들이란 무엇일까. 길상사 창건과 '맑고 향기롭게' 운동의 일 뒤로 미뤄둔 일은 무엇일까. 청학스님의 전언에 의하면 인간 실존의 자주성을 강조한 임제선사의 『임제록』과 선사들의 화두를 모은 선서 『벽암록』을 스님만의 목소리로 풀고 싶어 하셨다는데, 혹시 손도 대지 못한 그 일이 아닐까도 싶다. 스님께서는 수행자로서 자기답게 살면서도 글로 소통하는 일, 즉 모국어를 더 사랑하고 싶어 했던 것이다.

눈이 내려 산문 안팎이 다 같은 세상 같지만 산문 밖은 번뇌가 들끓는 열뇌熱惱의 세상이다. 온갖 불빛들이 뜨거운 번뇌처럼 번쩍거리는 저잣거리인 것이다. 그래도 나는 산문 밖으로 나가 하룻밤 안식을 찾아야 한다.

'무소유 성지순례길'의 길벗이 되기를

"흐르는 물은 산을 내려와도 연연하지 않고 흰구름은 골짜기로 들어가도 그저 무심하다. 한 몸이 가고 옴, 물과 구름 같고 몸은 다시 오지만 눈에는 처음이네"라는 게송은 법정스님께서 아끼는 재가제자인 무염거사 정찬주 작가에게 써준 내용입니다.

작가는 법정스님의 일대기인 『소설 무소유』로 수많은 독자들에게 맑고 향기로운 감동을 선사한 바 있습니다. 불교에 대한 깊은 탐구와 선적인 체험을 바탕으로 풀어낸 작가의 고승 전기소설들과 사찰 문화기행은 불교문학의 위상을 크게 높였다는 평가를 받고 있습니다.

작가는 법정스님이 수행했던 암자와 절을 순례하며 우리들에게 자기만의 꽃을 피우자고 손을 내밉니다. 법정스님의 자기다운 영혼이 무엇이었는지를 보여주고 있습니다. 스페인에는 산티아고 성지순례

269

길이 있고, 일본 시코쿠에는 사찰들을 참배하는 순례길이 있습니다.

이제 우리나라도 『법정스님 무소유, 산에서 만나다』를 길벗 삼아 법정스님의 자취를 찾아가는 '무소유 성지순례길'을 걸어보면 어떨까요? 바람이 꽃이 되고 흐르는 물이 구름으로 변하는 운수雲水의 오솔길에서 삶의 무거운 짐을 내려놓고 작은 들꽃이 되어 서로 간에 맑은 향기를 나누시기 바랍니다.

불임암에는 법정스님께서 굴참나무를 잘라 만든 '빠삐용 의자'가 있습니다. 저는 빠삐용 삼행시로, 집착하지 말기를 바라며 '빠, 빠지지 맙시다', 무소유 성지 순례길에서 '삐, 삐지지 맙시다', 서운한 말을 들어도 '용, 용서하며 삽시다'라고 지어봅니다. 여러분은 어떤 삼행시를 지으시겠는지요?

현장스님(전 '맑고 향기롭게' 이사장, 대원사 주지)

법정스님 무소유, 산에서 만나다

1판 1쇄 발행 2011년 3월 20일
2판 1쇄 발행 2022년 3월 10일
2판 2쇄 발행 2024년 5월 3일

지은이 정찬주
펴낸이 정중모
펴낸곳 도서출판 열림원

출판등록 1980년 5월 19일(제406 – 2000 – 000204호)
주소 경기도 파주시 회동길 152
전화 031 – 955 – 0700
팩스 031 – 955 – 0661   페이스북 /yolimwon
홈페이지 www.yolimwon.com   트위터 @yolimwon
이메일 editor@yolimwon.com   인스타그램 @yolimwon

주간 김현정   마케팅 · 홍보 김선규 최은서 고다희
편집 박지혜 김민지 김혜원 정소영   온라인사업 서명희
디자인 지노디자인   제작 관리 윤준수 고은정 구지영 홍수진

ISBN 979-11-7040-078-3 03810